Jamisons köstliche Versuchung

 FARRADAY COUNTRY ~ BOOK TEN 

CHRIS KENISTON

Indie House Publishing

KAPITEL EINS

Timing war alles, und jetzt war die Zeit gekommen.

Bröckelnder Putz, Staub, Schimmel und abgestandene Luft vermischten sich und erzeugten den süßesten Geruch auf der Welt. Jamison Farraday umklammerte die Schlüssel zu dem alten Gebäude – einem Etablissement, das ganz ihm gehörte. Nun, nicht ganz ihm, aber er würde der Manager sein. Das Konzept, die Vorarbeit, die Pläne, das alles war von ihm. Genährt durch jahrelanges Beobachten, Lernen, Arbeiten und Sparen. Finanziert von einem der erfolgreichsten Konglomerate in der Bar- und Nachtclubbranche.

„Bist du dir hierbei ganz sicher?" Ian, sein Bruder, und D.J., sein Cousin, schlugen sich mit den Armen durch Vorhänge aus Spinnweben und bahnten sich ihren Weg durch das verlassene Geschäft.

„Ich war mir in meinem ganzen Leben noch bei nichts so sicher wie bei dieser Sache."

Ian lächelte seinen älteren Bruder an. „Wenn ich dich nicht besser kennen würde, hätte ich gesagt, dass du den Verstand verloren hast, aber ich schätze, das wird nicht das letzte Mal sein, dass du uns kurzsichtigen Sterblichen das Gegenteil beweist."

Die Unterstützung seiner Familie zu haben, war wahrscheinlich der beste Grund, warum er es gewagt hatte zu träumen, Risiken einzugehen und sich bei jedem Job in der Branche den Hintern aufzureißen, bis er sicher war, dass er seinen großen Traum verwirklichen konnte. Ein familiäres Irish Pub.

„Du weißt, dass Mabel Berkner bereits eine Petition startet, um gegen den Entscheid zur Ausgabe von Schanklizenzen in diesem County Berufung einzulegen." D.J. wischte sich den Staub von den Händen. „Nicht, dass sie damit sehr weit kommen wird, aber sie ist nicht die Einzige in der Stadt, die sich dagegen sträubt."

„Ich habe mit ein wenig Kritik gerechnet, aber bis wir hiermit fertig sind und eröffnen können, werden sich alle wieder beruhigt haben und ihrer normalen Arbeit nachgehen, falls die Kriminalitätsrate nicht wegen unseres", Jamison legte einen starken Südstatten-Akzent auf, „*üblen Einflusses* über Nacht in die Höhe schießt."

„Also, wie genau sehen deine Pläne?" D.J. ging umher und betrachtete die freigelegten Dachsparren.

„Der Architekt, den wir für das Projekt ausgewählt haben, bringt gerade die letzten Änderungen zu Papier. Die endgültigen Pläne sollten jetzt jeden Tag fertig sein. Wenn alle Genehmigungen vorliegen, werden die Geldgeber nach der Absichtserklärung den nächsten Schritt einleiten und den endgültigen Vertrag mit Mr. Thomas unterschreiben. Dann dauert es nur noch ein paar Wochen, bis alles notariell beglaubigt wird. Ich kann es kaum erwarten, bis die Baufirma kommt. Alles reinigt und wiederaufbaut."

„Ich kann es schon sehen." Ian blieb stehen, sah sich um und nickte. „Das kann ich wirklich. Rustikale Kiefernwände?"

Jamie nickte.

„Tanzfläche?", fragte D.J..

Wieder nickte Jamie. Sein Lächeln zog sich weiter seine Wangen hinauf. Er hatte alles ausgearbeitet.

Einschließlich einer Aufstellung der besten Craft-Biere in Texas. Ein Unternehmen, das kurz vor der Expansion stand, sprach sogar davon, hier, weg von der überfüllten Stadt, eine Brauerei zu eröffnen.

Ians Mundwinkel wölbten sich nach oben und legten die Grübchen frei, von denen alle Mädchen immer schwärmten. „Irische Musik?"

„Oh ja." Jamie grinste seinen Bruder an.

D.J. kicherte. „Wenn Onkel Brian dann nicht jedes Wochenende hier auftaucht und mit Dad singt, ist Saint Patrick kein Ire."

„Ich zähle darauf, dass mehr Leute so denken." Jamison klopfte seinem Cousin auf den Rücken. „Ich wünschte, das ganze rechtliche Zeug wäre schon erledigt. Mir juckt es schon seit Monaten in den Fingern, mit der Arbeit zu beginnen, und jetzt ist alles so nah."

„Konzept, Design und jetzt die Bauarbeiten, bevor sich die Türen überhaupt öffnen. Klingt, als würdest du bei diesem Projekt eine Menge Funktionen ausüben." Adam Farraday trat über die Schwelle. „Auf dem Weg zurück in die Klinik habe ich gesehen, dass die Tür offensteht. Schmeißt ihr ohne mich eine Party?"

„Daran würde ich nicht einmal denken", antwortete Jamie und warf einen Blick auf die Versandhülse im Arm seines Cousins. „Was ist das?"

„Oh, Maggie von der Post hat mich gebeten, dir das zu geben."

„Die Pläne." Jamie konnte die Verpackung nicht schnell genug öffnen.

Adam stand Schulter an Schulter neben seinem Bruder. „Für das Lokal?"

„Ja." Jamie hockte sich auf den Boden und entrollte die Pläne.

Sein Bruder schwebte hinter ihm. „Warum haben sie sie nicht einfach per E-Mail geschickt?"

„Ich weiß nicht." Jamie studierte die architektonische Darstellung. „Seltsam."

„Du blickst so finster drein." Ian kam näher. „Was ist los?"

Jamie schüttelte den Kopf. Er musste sich die falschen Pläne ansehen. Er drehte die Zeichnung, um die Vorderseite des Ladens mit der Oberseite der Pläne auszurichten. Er irrte sich nicht. Nichts war so angelegt, wie es der Planungsausschuss und der Architekt ursprünglich besprochen hatten und wie er und die Geldgeber es vereinbart hatten. „Das sieht nicht einmal wie ein Pub aus." Er zeigte auf den hinteren Teil der Zeichnung. „Da sollte die Tanzfläche sein."

„Ich bin kein Architekt", D.J. beugte sich weiter vor, „aber es scheint in dieser Zeitung nirgendwo auch nur annähernd so etwas wie eine Tanzfläche zu geben."

„Das liegt daran, dass es auch keine gibt. Wo Platz zum Tanzen sein sollte, ist jetzt eine offene Küche." Jamie hatte genug in Bars und Restaurants gearbeitet, um das Konzept zu erkennen. Er blickte in die Ecke der Zeichnung. Über der Maßstabsangabe und dem Namen des Architekten standen die Straße und der Ort des Projekts. So weit so gut. Doch dort stand nicht der Name seines Pubs. Was zum … *Hemingway's International Grill.*

„Deinem Gesichtsausdruck nach zu urteilen", Ian streckte sich, „ist dir das neu?"

Jamie tippte auf seinem Telefon herum, hielt es ans Ohr und nickte.

„Ist es so schlimm?", fragte Jan.

„International", murmelte Jamie. „Diese Stadt ist kein Ort für ein Franchiserestaurant."

D.J. blickte von seinem Cousin zu seinem Bruder. „Ich nehme an, das ist nicht viel schlimmer als *irisch.*"

„Ernsthaft?" Jamie starrte seinen Cousin an. Bevor er noch ein Wort sagen konnte, schaltete sich die

Mailbox dazwischen. „Danke, dass Sie Crocker International angerufen haben …“

„Wie in Betty Crocker?“, fragte Ian mit großen Augen.

Jamie schüttelte den Kopf und murmelte: „Nicht verwandt.“ Die Aufnahme endete und der Piepton signalisierte, dass er jetzt sprechen konnte. Er hätte viel lieber persönlich mit Jeff Nimbus gesprochen, aber das musste reichen. „Jeff, hier spricht Jamison Farraday. Ich habe gerade die Blaupausen fürs *The Public House* erhalten und sie sind mit *Hemingway's* gekennzeichnet. Ruf mich an, wenn du eine Minute Zeit hast.“

„Beiß mir nicht den Kopf ab“, Ian streckte ihm die Hand entgegen, „aber gibt es einen Grund, warum ein Irish Pub besser in diese Stadt passt als ein Grillrestaurant?“

„Ein Irish Pub ist im Grunde nichts anderes als Abbies kleines Stadtcafé, nur mit Akzent. Und in unserem Fall lokalen Weinen und, wenn alles gut geht, Bieren und natürlich Tanzen. Pubs sind Kneipen für normale Menschen. Die Leute kennen sich. Männer trinken etwas und erzählen Geschichten, die seit Ewigkeiten in den Familien weitergeben werden. Jung und Alt treffen sich.“

„Das ist ein gutes Argument.“ Adam zuckte mit den Schultern. „Wenn man Schnaps und Tanzen weglässt, klingt es sehr nach einem Café.“

„Natürlich ist es ein gutes Argument. Jede Kleinstadt in Irland hat ihr eigenes gut laufendes Pub. Dasselbe würde hier zutreffen, nur dass Tuckers Bluff nicht mehr so klein ist. Wir wachsen.“

„Mit all der Werbung, die das County für die umliegenden Geisterstädte, das Weingut, das die Bradys bewirtschaften, und das Krankenhaus in der Stadt gemacht hat, wachsen wir schneller als jede andere Kleinstadt in West-Texas. Und merkt euch meine Worte, wenn die Leute, die auf halbem Weg nach Butler Springs leben, die Wahl haben, werden sie hierher ins Pub kommen, um ein bisschen zu tanzen und ein oder zwei Drinks zu sich zu nehmen, anstatt den ganzen Weg nach Butler Springs zu fahren, um das Gleiche zu tun."

D.J. legte seine Hand in seinen Nacken. „Ich gebe zu, wenn International das Codewort für ausgefallen und teuer ist, dann hat Jamie Recht. So einem Laden werden die Leute nicht die Türen eintreten."

„Es ist sogar noch schlimmer." Jamie fuhr sich mit den Fingern durchs Haar und ließ dann seine Hand über seinen Nacken gleiten. „Könnt ihr euch die feinen Bürger von Tuckers Bluff beim Sushi-Essen vorstellen?"

„Sushi?" Adams Stirn legte sich in Falten. „Was hat Hemingway mit Sushi zu tun?"

„Der Mann, nichts, aber das Restaurant serviert alles, was trendy ist. Sie haben ihren Sitz in Kalifornien und sind letztes Jahr nach Austin und Dallas expandiert. Sie richten sich an urbane Millennials." In seiner Hemdtasche summte sein Telefon. Als Jamison die Nummer erkannte, war er überrascht, so schnell eine Antwort von Nimbus zu erhalten. „Hallo."

„Hey, ich war in einer Telefonkonferenz. Sind das nicht großartige Neuigkeiten?"

„Großartige Neuigkeiten?"

„Ja. Babcock Foods will bei uns einsteigen. Wir haben einen großartigen Deal ausgehandelt. *Hemingway's* ist schwer in Mode."

„In Los Angeles auf jeden Fall. Vielleicht sogar in Dallas, aber es passt nicht nach West-Texas."

„Unsinn. Unsere Recherchen zeigen –"

„Du meinst meine Recherchen."

„Nein, Jamison. Unsere Merchandising-Abteilung hat eine Marktanalyse durchgeführt. Deine Idee mit dem Pub ist gut."

Besser als gut, aber es machte keinen Sinn, das jetzt zu wiederholen.

„Und ohne Babcock Foods hätten wir das auch durchgezogen. Aber Babcock hat sehr tiefe Taschen und mit dieser Allianz kann Crocker auf die Restaurantseite der Branche vordringen. Wenn Babcock ein *Hemingway's* in Tuckers Bluff haben will, werden sie es bekommen."

Das war nicht gut. „Jemand muss dem Vorstand erklären, dass jetzt nicht der richtige Zeitpunkt ist, um –"

„Es ist beschlossene Sache, Jamie. Kommenden Montag werden die Abschlusspapiere unterschrieben. Die Frage ist, ob du immer noch ein Teil davon sein willst?"

Von morgens bis abends auf den Beinen zu stehen, war Abbies Realität. Eine, mit der sie und ihre sündhaft teuren Schuhe vor sehr langer Zeit Frieden geschlossen hatten.

„Hier, trink das." Frank, der Koch, stellte ihr einen warmen Becher hin. „Es wird nicht viel für deine Füße tun, aber es wird deiner Stimmung helfen." Ein Mundwinkel des Mannes verzog sich zu einem frechen Grinsen. „Ich habe etwas von deinem Spezialvorrat hineingetan."

Sie bewahrte immer eine Flasche Baileys unter der Theke auf, falls gelegentlich Kunden nach einem besonders harten Tag etwas Stärkeres in ihrem Kaffee brauchten. Sie selbst war nicht so sehr von dem Geschmack überzeugt, es sei denn, er war tief in etwas Schokoladigem vergraben, was Frank wusste. Es bedurfte nicht viel mehr als einen Spritzer, um den gewünschten Zweck zu erfüllen – sie zum Lächeln zu bringen.

Sich um sie zu kümmern, war im Laufe der Jahre zu einem festen Bestandteil von Franks Routine geworden. An manchen Tagen brauchte sie nicht so viel Pflege wie an anderen, aber sie schätzte es, schätzte ihn. Ein weiterer langsamer Schluck des schokoladigen Gebräus glitt ihr den Gaumen hinunter. „Genau das, was ich gebraucht habe."

„Was du brauchst", Frank trat zurück und stellte sich hinter den Grill, „ist ein freier Tag. Ein richtiger freier Tag. Oder zwei."

Dies war weder das erste noch das letzte Mal, dass sie diesen Rat hörte. „Du klingst wie eine kaputte Schallplatte."

„Das macht es nicht weniger wahr."

„Sagt das der Stein, der ins Glashaus fliegt?" Der Mann arbeitete jede Schicht mit ihr zusammen. Sie hatte versucht, einen Teilzeitkoch einzustellen, um Frank eine Pause zu verschaffen, aber das hatte den mürrischen Marine nur noch mürrischer gemacht als zuvor. Am Ende war er wieder der Alleinherrscher seines Küchenreichs.

Widerstrebend stellte sie die Tasse ab, nachdem sie einen weiteren Schluck genommen hatte, und genoss noch einen Moment länger die Entspannung. Der Ansturm zum Abendessen würde bald beginnen, und auch wenn Shannon, die Kellnerin der Abendschicht, ihren Job wirklich gut erledigte, musste Abbie aus der Küche raus und helfen.

„Du machst dir Sorgen, nicht wahr?" Frank stellte gerade eine Bestellung zusammen und machte sich nicht die Mühe aufzublicken.

Sie blies auf das warme Getränk, obwohl es nicht mehr so heiß war. „Weswegen sollte ich mir Sorgen machen?"

„Du könntest dir auch eine Schanklizenz holen."

„Das ist ein Café, kein Nachtclub." Außerdem ging das Gerücht um, dass der Stadtrat darüber nachdachte, die Anzahl der Schanklizenzen zu begrenzen, um Mabel Berkner bei Laune zu halten. Die Hingabe dieser Frau, das County trocken zu halten, hätte ihre abstinenten Vorfahren sehr stolz gemacht.

„Eine Tanzfläche würde nicht schaden. Zumindest eine kleine." Er klingelte, damit Shannon die Bestellung abholte.

Sie hatten dieses Gespräch schon ein paarmal geführt. Das erste Mal, als sich herumgesprochen hatte, dass hier in der Stadt ein Supper Club aufmachen sollte. Dann erneut, als in Tuckers Bluff per Bürgerentscheid die Ausgabe von Schanklizenzen beschlossen wurde, wodurch das County attraktiver für Konkurrenz wurde. Besorgt oder nicht, sie war fest entschlossen, das Café nicht zu verändern. Sie stieß sich von der Edelstahltheke ab, gegen die sie sich gelehnt hatte, und atmete kurz aus. Wenn sie nur die erschwerenden Umstände des Lebens ebenso einfach loswerden könnte, wie ihren verbrauchten Atem. „Das bringe ich raus."

Frank hob sein Kinn, um über das glänzende Metall auf der Tellerablage vor sich zu sehen, blickte ihr in die Augen, aber sagte kein weiteres Wort. Das musste er auch nicht. Sie konnte die Sorge in seinen Augen sehen. Nicht, dass er einen Grund dazu hätte. Heute war es nicht anders als an jedem anderen Tag in den letzten Jahren. Nur in einer Sache hatte er recht. Sie war müde. Nicht nur von einer Sechseinhalbtagewoche nach der anderen. Es war die Art von Müdigkeit, die ein Herz vom Träumen abhielt, und nach all den Jahren wollte sie wieder träumen.

„Ich werde ehrlich sein." Jamies Onkel Sean rieb sich das Kinn. „Ich habe nie verstanden, warum du bei einer Idee, von der du so überzeugt bist, und bei der du die Hauptarbeit leistest, jemand anderen den größten Teil der Einnahmen einstreichen lässt."

„Das ist einfach." Catherine, die Frau seines Cousins Connor, mischte sich ein. „Wegen Geld. Ein Restaurant zu bauen, wo vorher keines war, ist ein extrem teures Unterfangen. Man muss die Betriebskosten für mindestens sechs Monate aufbringen, bis der Kundenstamm so stark gewachsen ist, um die Kosten zu decken, ganz zu schweigen davon, Gewinne zu erzielen. Rücklagen für ein Jahr wären sogar noch besser. Und dann gehört in diesem Fall auch noch der Kauf der Immobilie dazu, naja …"

„Über wie viel Geld sprechen wir?" Sein Cousin Finn, der jüngste der West-Texas-Farraday-Brüder, ließ seinen Knöchel über sein Knie fallen und nahm einen Schluck von seinem Bier.

„Nein." Jamie übersprang die Antwort der ursprünglichen Frage und ging direkt zur nächsten über, von der er wusste, dass sie kommen würde. Egal wie zuversichtlich er war, er würde nie das Geld seiner Familie aufs Spiel setzen. Aus diesem Grund hatte er seinen Verwandten in West-Texas nichts von dem Deal gesagt, bis er nur noch einen Katzensprung von der Unterzeichnung, der Beglaubigung und der Übergabe entfernt war.

„Ein Kauf ganz ohne Geld?" Finns Frau Joanna setzte sich auf die Armlehne neben ihrem Mann und grinste Jamie an. Als Vollzeitautorin hatte die Frau einen interessanten Sinn für Humor – und Ironie – und konnte die Familie genauso gut aufziehen und ärgern wie die leiblichen Mitglieder des Farraday-Clans.

Tante Eileen stand von ihrem Platz auf dem Sofa neben seinem Onkel auf und ging zu Jamie hinüber. Als seine Tante diesen entschlossenen Ausdruck in ihren Augen bekam, wusste er, dass seine Chancen besser standen, am Verladetag durch einen Rinderpferch zu gehen, ohne auf einen Kuhfladen zu treten, als der Naturgewalt Eileen standzuhalten.

Als er sich in dem Raum umsah, dämmerte ihm, dass fast all seine Verwandten denselben Ausdruck auf ihren Gesichtern hatten. Ob sie als Farraday geboren oder angeheiratet waren. Als seine Cousins aus der Stadt und ihre Partnerinnen mitten in der Woche zu einem Familienessen erschienen waren, hätte ihm klar sein müssen, dass es bei dem Besuch um mehr ging als nur um warmes Essen und ein wenig moralische Unterstützung. Etwas anderes braute sich zusammen.

Tante Eileen legte ihre Hand auf seinen Unterarm. „Wir haben geredet."

„Wann?" Abgesehen von der Zeit, die es kostete, von der Stadt zur Ranch zu fahren, war Jamie den ganzen Abend bei seiner Tante und seinem Onkel gewesen.

Sie zuckte mit den Schultern. „Ich nehme an, das Gespräch begann, als du zum ersten Mal erwähnt hast, dass du ein Pub in Tuckers Bluff eröffnen willst."

„Ich dachte, du hättest den Verstand verloren." Onkel Sean kicherte. „Dann habe ich angefangen, den Gesprächen in der Stadt etwas genauer zuzuhören. Ich habe darauf geachtete, wie viele Leute nach Butler Springs fahren, um an einem Freitagabend essen zu gehen oder das Tanzbein zu schwingen. Es sind mehr als ich gedacht hatte, das kann ich dir sagen."

Tante Eileen verdrehte die Augen, als sie ihren Schwager ansah. „Nur weil du ein Stubenhocker bist, heißt das nicht, dass der Rest der Welt das auch ist."

„Seit wann ist es etwas Schlechtes, Familienmensch zu sein?" Onkel Sean runzelte die Stirn.

„Auch Familienväter dürfen mal aus dem Haus gehen."

„Ich gehe aus dem Haus."

Tante Eileen winkte ihrem Schwager mit dem Finger zu und ihr Mund klappte auf. „Die Scheune gilt nicht als …"

Ein lautes Pfeifen durchbohrte die Luft und unterbrach das Gespräch. Finns Finger glitten von seinen Lippen. „Können wir uns bitte konzentrieren?"

Meg, Adams Frau, warf Finn ein breites anerkennendes Grinsen zu, bevor sie den unterbrochenen Gesprächsfaden wieder aufnahm. „Denkt nur an unseren allwöchentlichen Mädelsabend. Wir geben nicht nur Geld für Essen oder Unterhaltung aus, wenn wir nach Butler Springs fahren, sondern auch für Benzin. Allein die Spritkosten, ganz zu schweigen von der Zeitersparnis, würden eine Menge Leute in ein neues Nachtlokal bringen."

D.J. beugte sich vor und stützte seine Unterarme auf seine Knie. „Ich gebe zu, ich war etwas besorgt darüber, was das für Abbie bedeuten würde. Ehrlich gesagt glaube ich, dass sie sich auch ein bisschen Sorgen macht, obwohl sie es nicht zugeben will. Aber Dad hat Recht. Diese Stadt und die Leute in der Nähe geben viel Geld aus, um bis nach Butler Springs zu fahren. Solange sich das Angebot von dem unterscheidet, was Abbie anbietet, denke ich, dass zwei Möglichkeiten zum Abendessen kein Problem darstellen werden."

„Was ist mit Mittagessen?", fragte Becky, D.J.s Frau.

Jamie schüttelte den Kopf. „Nicht rentabel." Obwohl er wegen der neuen Richtung, die Crocker einschlagen wollte, keine Ahnung mehr hatte, was die

Absichten des Konzerns waren.

„Du schaust so finster drein." Tante Eileens Augenbrauen zogen sich zusammen, um sich seinen anzupassen. „Was denkst du?"

Seine jüngsten Bedenken über die Auswirkungen von Crockers möglichen neuen Plänen wollte er noch nicht weiter ausführen. An diesem Punkt musste er sich auf das konzentrieren, von dem er wusste, dass es funktionieren würde. „Zunächst wäre das Pub nur für verlängerte Wochenenden geöffnet. Donnerstag bis Sonntag. Kein Mittagessen. Keine großen Auswirkungen auf das Café."

Mehr musste er nicht sagen. Mehrere Männer, die aus demselben Genpool stammten, rückten vor oder zurück, aber alle bissen die Zähne zusammen und nickten.

D.J. holte tief Luft. „Und es gibt keine Garantien, was die Geldgeber jetzt tun werden?"

Jamie schüttelte den Kopf. Er hätte es besser wissen müssen, als anzunehmen, dass er der Einzige im Raum war, der die Puzzleteile zusammensetzte. „Wenn sie den Deal nicht wie ursprünglich geplant durchführen, ist nicht abzusehen, was sie sonst noch tun oder nicht tun werden."

„Ich bin nicht in der Immobilien- oder Restaurantbranche tätig", Onkel Sean blickte zu seinem Neffen, „aber dieses Gebäude ist dieser Stadt ein Dorn im Auge und steht leer, seit der Futterladen vor fast zwei Jahrzehnten auf die andere Straßenseite verlegt wurde. Nicht viele Leute brauchen einen Gebäude dieser Größe, und der alte Jake Thomas verlangte von jedem, der Interesse zeigte, ein königliches Lösegeld. So wie ich es sehe, war er überhaupt nicht ernsthaft an einem Verkauf interessiert, bis du das Angebot vorgelegt hast.

In den Worten seines Onkels lag ein Körnchen Wahrheit. Jamie wusste mit Sicherheit, dass der alte

Thomas das Gefühl hatte, er würde den Farradays etwas schulden, weil sie seinen Sohn vor dem Gefängnis bewahrt hatten. Wobei es natürlich auch am Timing gelegen haben könnte und der alte Mann langsam alle Immobilien abstoßen wollte, wie zuvor schon den Futterladen, den er an Grace' Ehemann verkauft hatte. Unabhängig davon, was auch immer der Grund für den Sinneswandel des alten Thomas war, Jamie war Feuer und Flamme gewesen. *War* Feuer und Flamme gewesen.

„Tatsächlich", meldete sich Adam zu Wort, „geht das Gerücht um, dass der alte Mann ohne die Beteiligung eines Farradays nicht verkaufen wird."

Das ließ Jamies Ohren aufhorchen. „Wo hast du das gehört?"

Grace' Ehemann Chase lächelte und hob einen Finger. „Ich habe vielleicht ein oder zwei Samen gesät, als ich heute Nachmittag mit Jake gesprochen habe. Ich erwähnte, dass ich verstehen könnte, dass es ihn stören würde, zu hören, dass Jamie erwägt, aus dem Projekt auszusteigen. Vielleicht sind die Worte *die neuen Pläne sind zum Scheitern verurteilt* gefallen, zusammen mit *die Leute aus der Gegend vertrauen Fremden nur ungern, wenn niemand aus der Stadt sie unterstützt.*"

„Nicht schlecht, Göttergatte." Grace beugte sich vor und küsste Chase auf die Wange. Sie wusste genau wie Jamie, dass das Vorhaben von Crocker auf Dauer immer niedrigere Gewinne einfahren würde. „Gar nicht schlecht."

„Hey", er strich ihr mit den Fingerknöcheln übers Kinn, „ich habe vielleicht das Leben an der Wall Street aufgegeben, aber das heißt nicht, dass ich vergessen habe, wie man dieses Spiel spielt."

Spiel. Konnte er wirklich in Erwägung ziehen, was seine Familie für ihn arrangierte? Den Laden selbst zu kaufen? Sein einfaches Leben als Single hatte es ihm ermöglicht, etwas Geld zu sparen. Nichts genug, um eine Investition wie diese alleine zu tätigen, ansonsten hätte er sich nicht auf Geschäftsmanager für ein Unternehmens mit Crockers Erfolgsbilanzen eingelassen. Geschäftskredite hatte er als Option ausgeschlossen. Bei der Summe Geld, die er brauchte, könnte ein Darlehen lähmend wirken, wenn es darum ging, das Geschäft von Grund auf aufzubauen. Und selbst wenn er bereit wäre, diese Risiko einzugehen, bräuchte er mehr Sicherheiten. Und die hatte er nicht.

„Wusstest du, dass der alte Thomas einer Privatfinanzierung zugestimmt hat, als ich den Futterladen gekauft habe?"

„Ich würde das Gebäude darauf verwetten, dass die Banken bereit wären, dir das Geld für den Umbau zu leihen", warf Meg ein. „Vielleicht habe ich sogar noch ein paar Verbindungen, die helfen können."

Er hatte vergessen, dass sie früher ein Hotel und ein Restaurant geführt hatte, als sie noch in Dallas gelebt hatte. Trotzdem war die ganze Idee einfach verrückt. Selbst mit seinen Ersparnissen und einigen guten Verbindungen und einer Privatfinanzierung durch den alten Thomas, wäre das Gebäude als Sicherheit nicht sehr attraktiv.

„Nun, ich denke, in diese Stadt zu investieren, ist eine kluge Idee." Onkel Sean warf seinem Neffen einen strengen Blick zu. „Ich wäre bereit, für einen Anteil an dem Gebäude auszuhelfen, und ich denke, dein Vater ebenfalls."

Ein paar Stimmen überschlugen sich mit Kommentaren, dass ihnen das Geld nur ein Loch in die Tasche brennen würde. Er wusste, dass sie nicht logen. Er hatte Ersparnisse und wusste, dass die Banken miserable Zinsen zahlten. Und er wusste auch, dass es nicht die Art der Farradays war, ihre Lebensersparnisse leichtfertig zu riskieren.

„Und bevor du denkst, das ist nur eine dumme Laune", Onkel Sean winkte ihm mit dem Finger zu, „daran ist eine Bedingung geknüpft."

„Bedingung?" Er hatte nicht einmal zugestimmt, die Familie helfen zu lassen, und sein Onkel sprach bereits von Bedingungen.

„Lass mich raten." Adam sah zu seinem Vater. „Du willst dass das Lokal *Farraday's* heißt."

„Nun, das macht Sinn." Tante Eileen schimpfte fast mit ihrem ältesten Neffen.

„Eigentlich", Onkel Sean sprach Jamie direkt an, „braucht ein gutes Irish Pub einen guten irischen Namen."

„Und *Farraday's* ist nicht irisch?", murmelte Tante Eileen.

„Ich dachte an etwas Älteres", Onkel Sean beugte sich vor, „*O'Fearadaigh's*."

KAPITEL ZWEI

„**D**u wirst das wirklich machen." Abbie ging mit Frank auf den Fersen durch die offene Tür in das leerstehende Gebäude.

„Du betrittst Feindgebiet?" Jamie manövrierte über eine alte zerbrochene Bank in ihre Richtung. „Pass auf wo du hintrittst. Dieser Ort ist eine einzige riesige Falle."

„Wem sagst du das." Sie ging auf die alte Registrierkasse zu, die auf den Überresten eines Tresens stand. „Oh, wow. Außer auf Fotos habe ich so etwas noch nie gesehen."

„Funktioniert sogar." Jamie setzte dasselbe fotogene Lächeln auf, das jeder Farraday besaß.

„Natürlich tut sie das." Sie strich mit den Fingern über die staubige Zierleiste der Kasse und drückte dann auf einen der Knöpfe. Ein Klingeln ertönte und die Schublade sprang auf. „Diese Dinger wurden hergestellt, bevor man allem ein eingebautes Verfallsdatum gab."

Frank überflog den hinteren Teil des Raums, wobei er sich zentimeterweise in besagte Richtung vortastete. „Der Laden ist größer, als es von außen den Anschein macht. Stört es dich, wenn ich mich genauer umschaue?"

„Auf deine eigene Verantwortung." Jamie lachte über Franks finsteren Blick. „Aber sei vorsichtig. Es gibt hier überall Überraschungen."

Nachdem der letzte Kunde des Cafés seine Rechnung bezahlt hatte, erwähnte Frank, dass Jamie in der Stadt war und sich das leerstehende Gebäude ansah, und schlug vor, dass sie ihm einen Besuch abstatten sollten. Abbie hatte nicht lange überzeugt werden müssen, denn ihre Neugier trieb sie zur Verzweiflung. „Ich hatte nicht erwartet, dich an einem Sonntagnachmittag hier zu sehen. Tante Eileen wird nicht allzu glücklich sein, wenn du das Abendessen verpasst."

Jamie tippte auf ein paar Papiere, die aus seiner Hemdtasche ragten. „Sonderregelung."

„Alle reden von deinen Plänen, das Gebäude selbst zu kaufen. Die Nachricht hat sich heute Morgen in der Kirche schneller verbreitet, als die Predigt die Leute einschläfert."

„Kein Plan." Er tippte erneut auf sein Hemd. „Grace hat bereits den Vertrag aufgesetzt. Wir haben dem alten Thomas vor ungefähr einer Stunde einen Bankscheck ausgestellt. Alle sind auf die Ranch, um zu feiern. Ich ..." Er blickte hinauf zu den Dachsparren. „Wollte nur kurz vorbeischauen."

„Ein Geschäft an einem Sonntag abschließen?"

„Timing ist alles." Der Kerl glühte praktisch vor kaum zurückgehaltener Erregung.

Abbie musste sich nicht vorstellen, was Jamie durch den Kopf ging, sie erinnerte sich immer noch an all die unbeschreiblichen Gefühle, die ihr an dem Tag, als sie die Papiere für das Café unterschrieb, durch jede Pore sickerten. Das Letzte, woran sie gedacht hatte, als sie zustimmte, endlich alles hinter sich zu lassen und nach Tuckers Bluff zu kommen, war, dass ihr eines Tages das Café in der kleinen Stadt gehören würde.

„Schau nicht so verloren." Jamies Lächeln wechselte von Freude zu beruhigender Unterstützung. „Alles wird gut."

Für einen kurzen Moment dachte sie, er könnte ihre

Gedanken lesen, bevor ihr gesunder Menschenverstand einsetzte und ihr klar wurde, dass er über ihre beiden Restaurants sprach. Ihre Antwort auf die Kommentare der Leute, seit die Nachricht von einem neuen Pub vor Wochen die Runde gemacht hatte, war die gleiche gewesen. Es würde keinen Alkohol und keine Tanzfläche im Café geben und nichts würde sich ändern. Das war ihre Geschichte und daran hielt sie fest. Und wenn sie sie oft genug wiederholte, würde sie vielleicht irgendwann aufhören zu zweifeln. „Ich mache mir keine Sorgen."

„Du siehst nicht überzeugt aus."

„Vielleicht liegt es daran, dass ich es nicht bin." Hatte sie das laut gesagt?

Jamie trat einen Schritt näher. „Ich habe viel recherchiert. Vielleicht verlierst du hin und wieder einen oder zwei Kunden, aber andere werden kommen, um sie zu ersetzen. Leute, die keinen Grund hatten, nach Tuckers Bluff zu kommen, werden jetzt herbeiströmen, um zu tanzen oder etwas zu trinken. Viele dieser Leute werden es vorziehen, zuerst an einem Ort mit einer größeren, vielfältigeren Speisekarte zu essen. Das Café wird neue Kunden bekommen, die nicht bereits in der Stadt leben. Es wird eine gute Sache für unsere beiden Unternehmen."

„Du klingst so sicher." Das tat er wirklich. Was hatte es mit den Farradays auf sich, dass sie alle so viel Selbstvertrauen hatten? Egal welchen Müll das Leben auf sie warf. Egal, wie viele Henry Wiggins und seinesgleichen ihre Wege kreuzten. Sie könnten eine Parade in die Hölle veranstalten, und alle würden ihnen jubelnd und mit wehenden Fahnen folgen.

„Das liegt daran, dass ich es bin. Das ist keine Laune. Niemand eröffnet in der Nähe von Nirgendwo ein Restaurant, wenn er nicht alles genau durchkalkuliert hat. Vor allem keine so große Organisation wie Crocker."

„Ja, gut, das ist großartig für dich und Crocker, aber das hat Walton wahrscheinlich allen Tante-Emma-Läden *in der Nähe von Nirgendwo* gesagt, als er sein erstes Geschäft eröffnete."

Etwas, das Wut sehr nahekam, brannte scharf in seinem Blick. „Ich bin nicht Wally. Wir haben nicht die Mission, die Welt oder die Stadt zu übernehmen. Das O'Fearadaigh's wird für uns beiden gut sein." Der Ton in seinen Worten wurde weicher. „Glaub mir."

Was sagte man über den Weg zur Hölle? „Wenn es dir nichts ausmacht, glaube ich es erst, wenn ich es sehe." Nicht, dass sie Jamie oder den Farradays nicht trauen würde, aber wenn ihnen das Glück ausging, wäre sie die Erste, die darauf wetten würde, dass es etwas sein würde, von dem auch ihr Leben abhing. Denn wie hoch standen die Chancen, dass ein Farraday jedes Mal den Tag retten würde, wenn ihre Welt auf den Kopf gestellt wurde?

In den Jahren seit seinem Schulabschluss hatte Jamie nicht annähernd so viel Zeit in Tuckers Bluff verbracht wie in seiner Kindheit. Trotzdem war er oft genug hier gewesen, um zu verstehen, dass Abbie genauso zum Gefüge dieser Stadt gehörte wie der Bürgersteig und die Straßen. Wally World könnte niemals das Sisters ersetzen, und Jamie würde niemals versuchen, das Silver Spurs Café zu ersetzen. Irgendwie musste er einen Weg finden, ihr das zu vermitteln. Sie zu bestärken. Für ihren Seelenfrieden.

„Nun, ich sehe Frank nicht." Sie wippte auf ihren Absätzen zurück, suchte den leeren hinteren Teil des ehemaligen Ladens ab und rief seinen Namen. Als er nicht antwortete, drehte sie sich zu Jamie um. „Wer weiß, was er entdeckt hat. Ich fahre nach Hause und nutze den Rest meines freien Nachmittags. Sag Frank, ich sehe ihn morgen früh."

Jamie nickte. „Wird gemacht."

Erst als sie um die Ecke auf den Bürgersteig gebogen und aus seinem Blickfeld verschwunden war, machte er sich auf die Suche nach Frank. Auf halbem Weg zur Hintertür ließ ihn ein raschelndes Geräusch, das laut genug war, um sein Ohr zu erreichen, die Umgebung absuchen. Die Bewegung eines einzelnen leeren Futtersacks auf einem Haufen in einer nahegelegenen Ecke sagte ihm, dass der schuldige Krachmacher – falls es nur einen gab – dort sein würde.

Die eigentliche Frage war, wollte er das Nagetier jetzt jagen oder warten, bis der Baulärm die Viecher vertrieb? Vernünftiger wäre es, Rattenfallen aufzustellen. Oder sich eine Katze zu holen. Aber anscheinend gehörte vernünftig heute nicht zu seinem Wortschatz. Mit einem Besenstiel in der Hand trat er näher.

Er hatte den Stapel leerer Beutel fast erreicht, als die Bewegung aufhörte. Er festigte seinen Griff um den Besenstiel und stand still da. Wie in einem lächerlichen Katz-und-Maus-Spiel schien jeder von ihnen darauf zu warten, was der andere tat. Sekunden vergingen, bevor die Bewegung wieder anfing. Ein kleines Kratzen auf einer Seite, ein schmatzendes Geräusch daneben, und dann brach unter den Säcken etwas aus, das wie ein Ringkampf aussah. Ein Sack hob sich, fiel wieder herunter und schien dann in der Luft zu schweben, als etwas viel Größeres als eine Ratte darunter Radau veranstaltete. Womit würde er es zu tun bekommen?

Für eine genauere Untersuchung trat er einen Schritt zurück, nahm den Besen am borstigen Ende und machte sich bereit, den obersten Sack wegzufegen, als eine Pfote, die definitiv keinem Nagetier gehörte, den

Stock am Boden festhielt. *Was zum Teufel?*

Den Kopf zur Seite geneigt, als könne er so leichter erkennen, was sich unter den losen Säcken befand, und seinen Besen festhaltend, trat Jamie einen halben Schritt vor und zog leicht am Griff. Die Pfote löste sich und wich zurück. Zwei Sekunden später kamen zwei Pfoten, gefolgt von einer braunen Nase, unter dem Haufen leerer Säcke hervor.

„Okay, Kumpel." Jamie ging in die Hocke und klopfte mit der Handfläche auf den Betonboden. „Wer auch immer du bist, komm raus."

Bevor er sich vollständig abstützen konnte, rannte ein flauschiger Körper, der an besagter Nase hing, auf ihn zu. Ungefähr zwanzig Pfund Welpenenergie prallten auf seinen Schoß, hüpften seine Brust hinauf, dann sein Bein hinunter und um seinen Rücken. Dieses Schauspiel wiederholte sich, bis der Hund ihn schließlich zu Boden warf und seine Wange ableckte. Jamie hielt ihn mit beiden Händen fest und lachte, drückte ihn an seine Brust, setzte sich auf und hielt ihn fest. „Woher kommst du denn?"

Mit einem Schwanzwedeln und einem kurzen *Wuff* versuchte der Welpe, sich wieder nach vorne zu schieben.

„Oh nein, das tust du nicht." Jamie sicherte das Tier unter einem Arm und sprang auf die Füße, wobei er mit der freien Hand den Welpen unterm Kinn kraulte. „Dein Besitzer muss sicher in der Nähe sein und nach dir suchen."

Jamie machte sich wieder an seine ursprüngliche Mission, nach Frank zu suchen, und beschloss, den Lagerbereich zu überprüfen. Er war es leid, mit einem sich windenden Welpen zu ringen, und setzte seinen neuen Freund auf den Boden. „Frank, bist du da drinnen?"

„Ja. Auf dem Dachboden."

Dachboden? Jamie hatte sich das Gebäude gründlich angesehen und konnte sich nicht an einen Dachboden erinnern.

Der Welpe stieß drei schnelle *Wuffs* hintereinander aus und rannte dann in Richtung von Franks Stimme und der herunterziehbaren Treppe am hinteren Ende des ehemaligen Lagerbereichs.

„Hey Kumpel, warte auf mich."

Zwei gestiefelte Beine kamen von der Decke herab und fanden auf der obersten Stufe Halt. „Ich glaube nicht, dass jemals jemand diesen Bereich ausgeräumt hat."

„Ich habe nicht einmal gewusst, dass da oben etwas ist." Jamie trat näher an die Treppe heran, während der Welpe seine Kreise darum zog.

„Ich bin nicht überrascht. Sah nach einem kleinen Speicher aus. Ich hätte ihn fast selbst nicht bemerkt. Ich habe zufällig den eingelassenen Griff gesehen und dann den Stab mit dem Haken entdeckt, der dort drüben an der Wand hing." Frank nahm sich Zeit, die wackligen Stufen hinabzusteigen. „Ich dachte, er wäre direkt über dem kleinen Büro in der Ecke, aber er reicht bis zur Rückseite des Gebäudes. Gleiche Fläche wie unten. Da oben stehen Möbel, Kisten, Koffer. Ich schätze, ein Großteil des Zeugs ist über hundert Jahre alt."

Frank erreichte die vorletzte Stufe genau in dem Moment, in dem Welpe bellte, nach oben auf die Stufen sprang und gegen Franks Stiefel stieß.

„Whoa." Frank schwang ein Bein nach außen, um nicht auf den Welpen zu treten. „Um Himmels willen, wo zum Teufel kommt das Ding her?"

Der Welpe wedelte mit dem Schwanz und rannte Kreise um den Fuß der leiterartigen Treppe, während er Frank anbellte.

„Sag mir, dass wir nicht noch einen haben." Frank löste sich von der Leiter und machte den letzten Schritt auf den Boden, als der Welpe gerade seine Tanzroutine unter seinen Füßen vollzog und gegen ihn stieß. Das quirlige Fellbündel schlitterte unter den Stufen hindurch und ließ Frank zu Boden stürzen.

„Kumpel, aus!", rief Jamie und rannte an Franks Seite. „Bist du in Ordnung?"

Flach auf dem Rücken liegend, blinzelte Frank nach oben. „Definiere okay."

Jamie musste sich ein Lachen verkneifen. Es war eine dumme Frage gewesen. Angenommen, am Leben zu sein war eine gute Sache, dann war er okay. Aber der Art und Weise nach zu urteilen, wie sein Fuß verdreht unter der letzten Stufe lag, musste Jamie kein Arzt sein, um zu wissen, dass es Frank definitiv nicht gut ging. „Beweg dich nicht."

„Der Gedanke war mir nicht in den Sinn gekommen." Frank biss die Zähne zusammen. „Zumindest nicht, als ich mein Bein gespürt habe."

Mist. Das war definitiv nicht gut. Jamison zog sein Handy aus der Tasche und drückte die Kurzwahl für seinen Cousin Brooks.

„Bist du schon unterwegs?"

„Nein." Jamie betrachtete den Welpen, der vollkommen still neben Frank saß. *Jetzt macht er sitz.* „Ich habe hier ein kleines Problem."

„Wie klein?" Alle Verspieltheit war aus Brooks' Stimme gewichen.

„Frank ist im neuen Restaurant von der ausziehbaren Treppe gestürzt. Wenn sein Fuß nicht gebrochen ist, dann annähernd."

„Ich bin schon als auf halbem Weg zur Ranch, aber ich drehe um. Hast du ihn stabilisiert?"

„Zählt flach auf den Rücken liegen als stabilisiert?"

„Komiker. Irgendwelche Anzeichen von Verletzungen abgesehen von seinem Fuß?"

Jamie hielt Frank zwei Finger vors Gesicht. „Wie

viele Finger siehst du?"

Frank kraulte den Welpen mit einer Hand und blickte auf Jamies Finger vor ihm. „Zwei."

„Welches Jahr ist es?"

„Oh, um Himmels willen. Hör auf, Marcus Welby zu spielen, und sag deinem Bruder einfach, er soll seinen Hintern hierherschaffen. Der Fuß muss bis morgen früh geschient sein, damit ich fit für die Arbeit bin."

„Hast du das gehört?", fragte Jamie ins Telefon.

„Ich bin mir ziemlich sicher, dass das ganze County das gehört hat. Wenn du Zugang zu etwas Eis hast, kann es nicht schaden, es zu benutzen. Und wenn er vorhat, morgen früh zur Arbeit zu gehen, sollte er besser hoffen, dass du ein lausiger Arzt bist und dieser Fuß nicht einmal annähernd gebrochen ist."

Visionen von Frank, der auf einem Fuß hüpfend Burger wendete, schossen Jamie wie Szenen aus einem wirklich schlechten Theaterstück durch den Kopf. Sein Blick wanderte zu dem Fuß, der immer noch in einem ungünstigen Winkel hing. Wenn Abbie sich darüber aufregte, dass er und seine Familie in der Stadt ein Pub eröffnen wollten, wäre *aufregen* eine Untertreibung, sobald sie erfuhr, dass er ihren einzigen Koch außer Gefecht gesetzt hatte. Er hatte nicht den geringsten Zweifel. Abbie würde ihn umbringen.

KAPITEL DREI

Jamie ging in dem kleinen Wartezimmer auf und ab. Er wusste nicht, was schlimmer war, der stumme, schmerzerfüllte Ausdruck auf Franks Gesicht, als sie ihn in Brooks' Klinik gebracht hatten, oder Abbies mutiges Bemühen, die Besorgnis zu verbergen, die er so deutlich in ihren Augen sehen konnte.

„Nun", Brooks trat durch die Tür zum Untersuchungsraum, „wollt ihr zuerst die guten oder die schlechten Nachrichten?"

„Die guten" und „die schlechten" überschlugen sich, als er und Abbie antworteten.

Die Eingangstür der Klinik flog auf und Sister und Sissy huschten herein wie hungrige Kinder, die zu spät zum Abendessen kamen. Sissy, die größere und schlankere von beiden, sprach zuerst. „Wir haben es gerade gehört. Wie geht es dem armen Frank?"

„Ich wollte gerade erklären –"

Tante Eileen kam durch die gleiche Tür gestürmt, dicht gefolgt von Onkel Sean. „Wir sind so schnell wie möglich hergekommen, nachdem wir gehört hatten, dass Frank gestürzt war. Wie schlimm ist es?"

Die kleinere der beiden Schwestern wandte sich an seine Tante. „Das wollen wir auch wissen."

Jamie ging um die wachsende Menge herum zu seinem Cousin. „Ich denke, wir könnten alle ein paar gute Nachrichten gebrauchen."

„Gute Nachrichten? Dann kommt er bald wieder

auf die Beine", unterbrach Tante Eileen.

„Eileen." Sean Farraday schob sich zwischen seine Schwägerin und die beiden ungleichen Besitzerinnen des Ladens für alles. „Gib dem Mann eine Chance auszureden."

Mit gestrafften Schultern und erhobenem Kinn ignorierte Abbie das Geschwätz und wandte sich an Brooks. „Gerade ist es mir egal, ob es gute oder schlechte Nachrichten sind, ich möchte einfach nur wissen, wie es Frank geht."

Brooks öffnete den Mund, bereit zu sprechen, hielt dann jedoch inne, um zur Eingangstür zu blicken, als erwartete er, dass noch jemand hereinpreschen und ihn unterbrechen würde.

„Wir sind alle", sagte Tante Eileen. „Der Rest der Familie wartet auf der Ranch."

„Und wir haben mit niemandem ein Wort gesprochen", sagte Sister. „Wir sind sofort hergerannt, als wir Ned getroffen haben."

Jamie wollte nicht wissen, woher Ned, der Mechaniker, der gefühlt älter als die Stadt selbst war, von Franks Verletzung wusste. Er wollte nur wissen, womit sie es zu tun hatten.

„Sein Fuß ist nicht gebrochen."

Jamie konnte spüren, wie die Luft in seine Lunge zurückkehrte, als er erleichtert aufatmete.

„Aber Frank wäre vielleicht besser dran gewesen, wenn es das wäre", fuhr Brooks fort.

Tante Eileen runzelte die Stirn. „Das klingt nicht gut."

„Bei einem sauberen Bruch wissen wir, dass wir uns auf eine sechswöchige Genesung einstellen können. Aber Frank hat einen Gewebeschaden."

„Bänderriss?", fragte Abbie.

Brooks nickte. „Und Sehnen. Erschwerend kommt hinzu, dass derselbe Knöchel schon einmal verletzt war."

„Ich kann mich nicht erinnern, dass er eine Beinverletzung hatte." Sissy drehte sich zu ihrer Schwester um. „Erinnerst du dich an etwas, Sister?"

Die Kleinere der beiden, die mit der Bee-Hive-Frisur, die jede Texanerin der fünfziger Jahre neidisch machen würde, zuckte die Achseln. „Seit er in Tuckers Bluff lebt, habe ich ihn noch nie mit einem verletzten Fuß gesehen."

„Ich glaube nicht, dass es einem Mann möglich ist, zwanzig Jahre als Berufssoldat ohne ein böses Andenken an seinen Dienst zu überstehen." Onkel Sean schüttelte den Kopf.

„Das stimmt", warf Abbie ein. „Er hat ein schlimmes Knie. Ich habe immer angenommen, dass es aus seiner Zeit im Marine Corps stammt, aber er hat das nie bestätigt."

„Er hat nichts gesagt", fuhr Brooks fort. „Unterm Strich wird es einige Wochen dauern, bis er wieder fit ist. Erst einmal darf er das Bein mindestens eine Woche nicht belasten. Danach kann ich vielleicht eine genauere Prognose geben."

Onkel Sean schüttelte den Kopf. „Das wird ihm nicht gefallen."

Die Falte auf Abbies Stirn wurde tiefer, und Jamie wusste, dass Frank nicht der einzige war, für den wochenlange Bettruhe nichts Gutes bedeutete.

„Frank ist ein Mann weniger Worte." Brooks blickte zu seinem Vater: „Und bei den wenigen, die er sprach, als ich ihm sagte, dass ich von ihm erwarte, seinen Fuß hochzulegen, bis die Schwellung vollständig verschwunden ist, würde Tante Eileen mir selbst in meinem Alter den Mund mit Seife auswaschen."

„Das kann ich mir bei Frank gut vorstellen." Tante Eileen rieb sich die Hände. „Ich schätze, wir bringen ihn besser nach Hause."

Die beiden Schwestern nickten. „Er wird Pflege brauchen."

„Exakt." Tante Eileen blickte zu ihrem Neffen. „Wir nehmen ihn am besten mit zu uns."

Diesmal schüttelten die beiden Schwestern den Kopf. „Es macht keinen Sinn, ihn bis zur Ranch zu transportieren. Er kann bei uns bleiben. Sister und ich kümmern uns um ihn."

„Was ist mit dem Laden?", fragte Onkel Sean.

Sister zuckte mit den Schultern. „Das schaffen wir schon. Es ist nicht nötig, dass wir beide den ganzen Tag dort sind."

„Das stimmt", stimmte Sissy zu und sah dabei ein wenig zu zufrieden aus. „Diese Stadt kümmert sich um die ihren. Frank ist einer von uns."

Die Worte brachten Jamie fast zum Lachen. Er hatte die Ranch genau in dem Jahr besucht, in dem Frank in die Stadt kam. *Einer der ihren* entsprach nicht ganz den Worten, die die Schwestern seiner Erinnerung nach damals benutzt hatten.

„Kann ich ihn bitte sehen?", fragte Abbie mit leiser und angespannter Stimme.

„Natürlich. Ich habe ihm etwas gegen die Schmerzen gegeben. Nicht viel. Der Mann ist wirklich stur. Aber er erwartet dich."

Abbie nickte und bewegte sich langsam vorwärts. Er konnte sich all die Dinge nur vorstellen, die ihr gerade durch den Kopf gehen mussten. Er kannte die Geschichte zwischen Abbie und Frank nicht. Er glaubte auch nicht, dass irgendjemand anderes in der Stadt sie kannte, außer vielleicht D.J.. Aber es war für niemanden in der Stadt ein Geheimnis, dass Frank Carter sein Leben für Abbie geben würde. So wie es jeder Mann für eine Schwester, Mutter oder Tochter tun würde.

Jamie beschleunigte seinen Schritt, um sie einzuholen, und ergriff sanft ihren Ellbogen. „Ich komme auch mit, wenn das okay ist."

Abbie nickte nur.

Mit geschlossenen Augen und den Händen auf der Brust sah Frank fast friedlich aus. Nur der bandagierte Knöchel, der fast doppelt so dick war wie der andere Fuß, vermittelte ein Bild der Realität. Und im Moment war die Realität ein höllisches Durcheinander.

Es gab einen kleinen Unfall. Von dem Moment an, als Jamie diese Worte ausgesprochen hatte, war Abbies Herz nicht mehr in der Lage gewesen, sich auf einen normalen Rhythmus zu verlangsamen. Erst als Jamie erklärte, dass Frank sich nur den Knöchel verletzt hatte, weil er die Ausziehtreppe heruntergefallen war, entwich ihr die Luft, die sie angehalten hatte.

Frank hatte ihr auf so viele Arten das Leben gerettet. Angefangen mit diesem schicksalhaften Tag, den niemand jemals vergessen würde, dann an dem Tag, als er nach Tuckers Bluff zog, um in ihrem Café zu kochen, und seitdem an jedem einzelnen Tag. Sie konnte sich ein Leben in Tuckers Bluff ohne ihn nicht vorstellen.

Selbst jetzt machte sie sich noch Sorgen. Könnte er sich den Kopf gestoßen haben? Könnte es innere Verletzungen geben, die wegen der Aufmerksamkeit auf seinen Fuß übersehen wurden? Wenn er Medikamente ablehnte, könnten dann durch Blutgerinnsel Probleme entstehen?

Sie verjagte all diese schrecklichen Gedanken und jegliche Besorgnis, indem sie sich vor Augen führte, was für ein fantastischer Arzt Brooks war, und weil sie wusste, dass Frank ihm fast genauso sehr am Herzen lag wie ihr. „Wenn du Urlaub wolltest, hättest du einfach fragen können." Sie wünschte, ihre Stimme wäre bei diesen Worten nicht ganz so zittrig gewesen.

Franks Mundwinkel hoben sich zu einem Knurren, das ein Lächeln ersetzen sollte. „Urlaub wird überbewertet."

Sie trat neben den Untersuchungstisch, legte ihre Hände auf seine und drückte sie. „Ob es dir gefällt oder nicht, es sieht so aus, als würdest du den jetzt haben."

Frank stöhnte und verdrehte die Augen. „Das glaube ich nicht. Ich werde morgen früh wieder in der Küche stehen, so wie immer. Darauf kannst du dich verlassen."

Ihr Blick wanderte kurz von Frank zu Brooks. Der Arzt schwieg und schüttelte nur den Kopf.

„Ich weiß aus verlässlicher Quelle", Abbie tätschelte seine Hand, „dass du Bettruhe brauchst. Zumindest bis die Schwellung verschwunden ist."

„Gequirlte Schei – Scheibenkleister." Frank stoppte sich gerade noch rechtzeitig.

Wenn ihre Welt nicht Kopf stehen würde, hätte sie vielleicht laut über Franks Bemühungen gelacht, nicht vor ihr zu fluchen. Schließlich war es ja nicht so, als hätte sie nicht schon das ein oder andere ausgesuchte Wort aus seinem Mund gehört. Aber anscheinend hatte es seinem Wortschatz gutgetan, so viele Jahre in der kleinen Stadt in Texas zu leben.

„Ob es dir gefällt oder nicht, du wirst den Fuß nicht belasten, bis der Arzt sagt, dass es in Ordnung ist."

„Nichts für ungut, Doc", Frank deutete mit dem Finger auf Brooks, „aber es braucht mehr als nur einen verstauchten Fuß, um mich auszuschalten. Fest geschnürte Stiefel, und ich bin zu allem bereit."

Brooks kicherte. „Auch wenn du diesen Knöchel – wohlgemerkt gegen ärztliche Anweisung – belasten willst, musst du erst an dem Haufen da draußen vorbeikommen."

„Welcher Haufen?" Frank richtete seine Aufmerksamkeit auf die geschlossene Tür.

„Es scheint", Jamie sprach zum ersten Mal, „dass du eine große Auswahl an potenziellen Kindermädchen hast."

Frank sah Abbie an. „Wovon zum Teufel redet er?"

„Der gesunde Menschenverstand sagt, dass man seinen Fuß nicht ruhig halten und gleichzeitig auf sich aufpassen kann", erklärte sie.

„Sagt wer?"

„Meine Tante", wiederholten Jamie und Brooks.

„Und", fügte Abbie hinzu, „die Schwestern."

Frank stieß ein tiefes Stöhnen aus und ließ seinen Kopf zurück auf den Behandlungstisch fallen. Er schüttelte den Kopf und der finstere Blick, den er nur selten absetzte, wich einem leisen Glucksen, das langsam zu grollendem Gelächter wurde.

Abbie schüttelte die Nervosität ab, die ihr bei seiner bizarren Reaktion in den Magen schoss, und hob eine Hand an ihre Hüfte. „Und was, wenn ich fragen darf, ist so lustig?"

„Bei all den Malen, und davon gab es einige in meinem Leben, in denen ich mir vorgestellt habe, wie es wäre, wenn sich Frauen darum streiten, in wessen Bett ich schlafen würde", Frank deutete mit einem Finger auf die Tür, „habe ich kein einziges Mal an diesen Haufen gedacht."

Die beiden Farradays bedeckten schnell ihre Münder. Jamie fand den Boden plötzlich sehr interessant und Brooks fummelte an dem Stift in seiner Brusttasche herum. Beide scheiterten kläglich daran, ihr Lachen zu verbergen. Unter anderen Umständen hätte sie diesen Kommentar vielleicht auch lustig gefunden.

„Du wirst dich mit Hilfe viel besser erholen können", fügte Brooks hinzu.

Frank stöhnte nur.

„Wenn du in die Wohnung über dem Restaurant einziehen willst, dann kann ich während der Arbeit immer wieder vorbeischauen und nach dir sehen. Darauf achten, dass du isst und deinen Fuß hochlagerst."

„Das ist keine schlechte Idee", stimmte Frank zu. „Ich kann oben in der Wohnung bleiben, aber um Treppen hoch und runter zu rennen, hast du keine Zeit. Ich komme einfach morgens zur Arbeit."

Brooks schüttelte den Kopf. „Keine Arbeit."

„Sie braucht mich", grummelte Frank.

„Sagt wer?", bellte Abbie zurück. Nur weil es wahr war, hieß das nicht, dass sie es ihm sagen musste.

Frank balancierte auf seinen Ellbogen und zuckte zusammen, als die Bewegung seinen Fuß erschütterte.

„Und deshalb", wies Brooks ihn an, „musst du die Verletzung ausheilen lassen."

Frank blickte Abbie an und schüttelte den Kopf. „Du kannst nicht in der Küche arbeiten und Tische bedienen. Jemand muss kochen, und das bist nicht du."

„Ich werde es tun."

Alle Köpfe im Raum drehten sich zu Jamie um.

„Schaut nicht so überrascht. Ich kenne mich in einer Küche aus. Ich hätte kaum darüber nachgedacht, ein Pub aufzumachen, wenn ich das nicht täte."

Ihre Überraschung verschwand aus Abbies Blick. Sie drehte sich zu Frank um. „Da hast du es. *Er* kann kochen. Also, wer soll sich nun um dich kümmern? Die Farradays oder die Schwestern?"

KAPITEL VIER

„Zwei Paare, Damen und Achten." Eileen Callahan, Tante des riesigen Farraday-Clans, blickte über die Schulter zu Abbie, die ein paar Tische weiter vorne stand. Das arme Ding war so nervös wie die sprichwörtliche langschwänzige Katze in einem Raum voller Schaukelstühle. Eileen wusste, wie sich die Frau fühlte. Es war nicht einmal ihr Café, und der Gedanke, dass Abbies Lebensunterhalt davon abhängen würde, dass Eileens Neffe, ein Barkeeper, in der Küche arbeitete, ließ sie sich wünschen, dass es nur um ein paar Schaukelstühle und einen Besuch beim Tierarzt ginge. Wenigstens konnte sie bei einer Sache beruhigt sein, da sie wusste, dass Frank auf der Ranch gut versorgt war. Obwohl die Art, wie Sister mit Sean stritt und Frank später umschmeichelte, als Brooks sie alle zu seinem Patienten gelassen hatte, Eileen das Gefühl gab, dass Sister möglicherweise durch etwas anderes als nur nachbarschaftliche Führsorge motiviert gewesen war. So schnell wie Frank sich für die Ranch entschied, hatte er höchstwahrscheinlich den gleichen Eindruck gewonnen.

Ruth Ann stieß einen leisen Seufzer aus. „Normalerweise braucht man für ein Paar mehr als eine Dame, aber weniger als drei."

Als Eileen einen Blick auf ihre Karten warf, hatte sie keine Ahnung, was mit der anderen Dame geschehen war. „Ich weiß, dass ich zwei hatte."

Dorothy hob eine weggeworfene Spielkarte auf. „Ich denke, das ist die, nach der du suchst."

„Oh, natürlich. Dummer Fehler. Ich war abgelenkt."

Sally May warf ihre Karten auf den Stapel in der Mitte des Tisches. „Ich weiß, dass wir nicht um echtes Geld spielen, aber Ablenkung ist keine Option."

„Außer bei ihr." Dorothy zeigte mit dem Daumen in Ruth Anns Richtung.

Seit Ruth Ann angefangen hatte, mit Kellys Großonkel Ralph auszugehen, war sie von Zeit zu Zeit immer öfter von ihrem Kartenspiel abgelenkt. Eileen vermutete, dass es wie in diesem alten Klischee war; Glück im Spiel, Pech in der Liebe. Oder in diesem Fall Glück in der Liebe, Pech im Spiel. Oder sollte es *abgelenkt beim Spiel* heißen.

Der Lärm klirrenden Metalls erschütterte das Café und Abbie raste in einem wahnsinnigen Tempo in die Küche.

Dorothy, die gerade die Karten mischte, hielt inne und beugte sich vor. „Das ist das dritte Mal in einer Stunde. Meinst du, eine von uns sollte vielleicht nachsehen, ob wir helfen können?"

Eileen biss sich auf die Unterlippe und schüttelte den Kopf. Sie hatte bereits aufspringen und in die Küche rennen wollen, nachdem das Krachen von Metall das erste Mal das Restaurant erfüllt hatte.

„Also", Ruth Ann hob die Karten ab und beugte sich verschwörerisch vor, „wenn wir nichts tun, um zu helfen, warum um Himmels willen sind wir dann in aller Herrgotts Früh zu diesem besonderen Treffen erschienen?"

Eileen holte tief Luft und griff nach der ersten Karte, die ihr ausgeteilt wurde. Der Ladys-Club begann seine Kartenspiele immer früh am Morgen, aber nur selten waren sie die ersten Gäste im Café. „Zur moralischen Unterstützung."

Sally May verdrehte die Augen und murmelte: „Die moralische Unterstützung kann mich mal."

Mit einem vollen Tablett auf der Schulter kam Abbie aus der Küche und eilte an den kartenspielenden Freundinnen vorbei zum Tisch hinter ihnen. Man musste Abbie zugutehalten, dass sie ein freundliches Lächeln aufsetzte und sich Zeit nahm, um die Teller und das Geschirr am Nachbartisch abzustellen und mit den Kunden zu plaudern, so wie sie es an jedem gewöhnlichen Tag der Woche tat.

Trotz all der Geräusche, die normalerweise nicht aus der Küche kamen, hätte Eileen keine Ahnung gehabt, dass jemand Neues kochte, wenn sie nicht eingeweiht gewesen wäre.

„Es würde helfen, wenn Donna sich nicht in letzter Minute krankgemeldet hätte." Sally May sortierte ihre Karten.

„Es ist nicht ihre Schuld, dass ihr kleines Mädchen die Grippe hat. Außerdem kann Abbie den Laden unter normalen Umständen mit einer Hand auf den Rücken gefesselt schmeißen. Also wenn Frank in der Küche ist."

„Das Gute daran ist", Ruth Ann ordnete ihre Karten neu, „dass der Frühstücksandrang fast vorbei ist."

Mit einer neuen Hand Karten, darunter zwei Assen, und ohne überraschende Geräusche aus der Küche, nickte Eileen und entschied, dass sich das Glück aller vielleicht gewendet hatte.

„Mag jemand noch frischen Kaffee nachgeschenkt?" Abbie hielt mit einem etwas müden Lächeln die Kanne hoch.

Alle Kartenspielerinnen schüttelten den Kopf. Selbst wenn sie noch eine Tasse wollten, wagte niemand, Abbies Zeit in Anspruch zu nehmen.

Eileen war sich nicht ganz sicher, aber sie glaubte

zu hören, wie Abbie leise *Danke* murmelte, kurz bevor die altmodische Glocke über der Tür klingelte und das Kommen neuer Kunden ankündigte. In fast choreografierter Präzision murmelten drei Stimmen über den Tisch hinweg, darunter auch die von Abbie: „Oh, oh."

Eileen wagte einen Blick über ihre Schulter. Eine Parade von neuen Gästen drängte durch die Tür. Touristen. Aus der Art und Weise, wie sie immer weiter hereinströmten, schloss Eileen auf einen der größeren Busse.

Abbies Kiefer schlug fast auf den Tisch. Ihre Haut wurde aschgrau und ein weißer Rand säumte ihre überraschten Augen.

Eileen schob ihren Stuhl zurück und stand auf, legte ihre Hände flach auf den Tisch, lehnte sich vor und flüsterte ihren Freundinnen zu: „Jetzt, Mädels. Jetzt."

Anscheinend war die Arbeit in einer Küche fast wie Fahrradfahren. Jamie kam langsam wieder in seinen Rhythmus, nachdem er ein paarmal die Pfannen hatte fallen lassen. Natürlich war er nie wirklich Koch gewesen, aber jeder Restaurantmanager würde sagen, dass man, wenn ein Mitarbeiter nicht zur Arbeit erscheint, schnell lernt, wie man kocht, kellnert oder Geschirr spült. Jamie hatte das alles zur Genüge getan. Nur dass er sich im Moment wünschte, er hätte viel mehr gekocht und weniger Tische abgeräumt, bevor er hauptberuflicher Barkeeper geworden war. Hätte er sich nicht höllisch schuldig gefühlt, weil Abbies einziger Koch ausgefallen war, hätte er vielleicht gewartet, dass sich ein besser qualifizierter Freiwilliger meldete. Aber qualifiziert oder nicht, da der Welpe, der das Problem eigentlich verursacht hatte, nicht kochen konnte, und Franks Unfall in Jamies zukünftigem Pub passiert war, kochte Jamie nun in einer fremden Küche. Wobei er betete, nichts zu sehr zu vermasseln, und äußerst dankbar dafür war, dass Frank seinen Job so gut machte, wie alle sagten.

An diesem Morgen hatte Jamie damit gerechnet, *à la minute* zu kochen, sich Mahlzeit für Mahlzeit nach Zutaten suchend durch eine fremde Küche zu wühlen. Es hätte ihn nicht überraschen sollen, dass Frank vor seinem gestrigen Feierabend die gesamte Essensvorbereitung für heute fertiggestellt hatte. Jamie war aber noch glücklicher darüber, dass die Gästemenge schrumpfte, bevor seine *mise en place*, die vorbereiteten Zutaten für die Frühstücksgerichte, aufgebraucht waren.

Die Doppeltüren sprangen auf. Abbie eilte hinein, aber anstatt am Tresen anzuhalten, um eine Bestellung aufzugeben, eilte sie an ihm vorbei.

„Was machst du?", fragte er.

Abbie nahm eine Schürze von einem Haken an der Hintertür, warf sie sich über den Kopf, wickelte die Schnüre herum und band sie fest. „Ein Bus voller Touristen ist gerade angekommen. Du wirst Hilfe brauchen."

Bevor er ein Wort sagen konnte, drängte sich Dorothy, eine der liebsten Freundinnen seiner Tante und Schwiegergroßmutter seines Cousins D.J., durch die Doppeltür.

Dorothy warf einen aufmerksamen Blick von links nach rechts und nickte. „Ich war noch nie hier drin. Nicht schlecht." Sie schlug ihre Hände zusammen und blickte Abbie an: „Wo sind die Schürzen?"

Da Abbie sie mit der gleichen Überraschung anstarrte, die er empfand, vermutete Jamie, dass sie ebenso wenig wie er mit Gesellschaft in der Küche gerechnet hatte.

„Eileen hat mich reingeschickt", erklärte die ältere Frau. „Ich wurde beauftragt, die *Miese* zu erledigen. Was auch immer das bedeutet. Wo muss ich hin?"

Blinzelnd nickte Abbie und deutete zur Hintertür. „Dort drüben ist eine zusätzliche Schürze. Wenn du sie dir umgebunden hast, folge mir zum Kühlraum."

So schnell er konnte, arbeitete Jamie in der ihm unbekannten Küche, richtete die nächsten Bestellungen auf den Tellern an und stellte sie zur Abholung auf die Durchreiche. Als er gerade klingeln wollte, bemerkte er, dass die einzige Kellnerin im Lokal mit Dorothy im Kühlraum war.

Die Doppeltür schwang wieder auf, und seine Tante marschierte herein. „Wir haben eine Menge Leute hier. Ruth Ann und Sally May decken gerade drei Zwölfer-Tische und zwei Vierer-Tische."

Großartig. Jamie holte tief Luft. Erster Arbeitstag und vierundvierzig zusätzliche Kunden zum Frühstück. *Einfach toll.*

„Vierer-Tisch Nummer eins", las seine Tante von einem Block in ihrer Hand ab. „Zwei *Cowboys mit Sporen*, jeweils ohne Zwiebeln. Ich schätze, diese Leute wollen später noch etwas knutschen. Dann zwei *Punkte mit Bindestrich* und einmal *Adam und Eva auf einem Floß*." Eileen wirbelte herum und rief über ihre Schulter. „Mach dir keine Sorgen, Abbie. Sally May arbeitet bereits an einer frischen Kanne Kaffee. Ups, *dreckiges Wasser*."

Kichernd, als wäre dies der größte Spaß, den sie seit ihrem sechsten Lebensjahr hatte, stürmte seine Tante zurück ins Café.

Es war überraschen ruhig in der Küche. Er drehte sich um und fand Abbie an Ort und Stelle erstarrt vor. Die Arme beladen mit Paprika, Zwiebeln und anderem frischen Gemüse, starrte sie mit großen Augen auf die sich schließenden Türen.

„Wusstest du, dass sie das kann?", fragte er.

Abbie schüttelte den Kopf. „Weißt du, was sie bestellt hat?"

„Ja", nickte er und drehte sich langsam wieder um. „Ich hoffe nur, dass sie es auch weiß."

„Ruh dich aus." Adam Farraday zog einen Stuhl für Abbie heran.

Den ganzen Tag über hatten fast alle Farradays, bis auf Catherine und Joanna, die für Frank verantwortlich waren, einen Vorwand gefunden, im Café vorbeizuschauen und nach Jamie zu sehen. Und dadurch auch nach Abbie. Einige waren nur für ein oder zwei kurz Augenblicke geblieben, wie Connor und Finn, die einen Besuch im Futtermittelladen als Ausrede benutzt hatten, um in die Stadt zu kommen. Nicht, dass es zweier riesiger Farradays bedurfte, um eine Bestellung Pferdepillen abzuholen. Als bekannt wurde, dass der Tuckers-Bluff-Ladys-Club Tische bediente, hatte Abbie natürlich die größte Menschenmenge zum Mittagessen, die sie seit dem Tag gehabt hatte, als Meg das erste Mal in der Stadt aufgetaucht war.

Jetzt, am Ende des Tages, waren die einzigen Leute, die nach dem Abendessen noch im Café waren, die drei Farraday-Brüder, die in der Stadt lebten. Zwei mit ihren Frauen.

Brooks deutete auf den Stuhl neben seinem Bruder. „Ich könnte es auch zu einer ärztlichen Anordnung machen.

Abbie wusste, dass es das Schlimmste war, am Ende eines wahnsinnig langen Tages eine Pause zu machen und sich hinzusetzen, aber sie wusste auch, dass es keinen Sinn machte, mit einem Farraday zu streiten, ganz zu schweigen mit dreien. Also sank sie langsam auf den Holzstuhl.

„Besser." D.J. lächelte sie an. „Das ist mein Mädchen."

Becky drückte die Hand ihres Mannes und sprang von ihrem Platz auf. „Ich gehe Jamie holen. Er braucht wahrscheinlich auch eine Pause."

„Warum bist du nicht zu Hause bei deiner Frau und deinem Baby?" Abbie blickte Brooks an.

Brooks lächelte so breit wie die Main Street und drückte sich hoch. „Tatsächlich kann ich meiner Frau jetzt persönlich versichern, dass du nicht bis auf die Knochen erschöpft bist oder ärztliche Hilfe benötigst und dass Cousin Jamie nichts getan hat, weswegen du ihn heute getötet haben könntest."

„Das wäre der Grund, warum ich hier bin." Lachend unterbrach D.J. seinen Bruder.

Brooks kicherte. „Wie ich schon sagte, ich kann jetzt nach Hause gehen und meiner Frau berichten, dass alles in Ordnung ist, und dann meine Schwester anrufen, um ihr mitzuteilen, dass du ihre rechtliche Vertretung nicht benötigen wirst."

„Ha, ha, ha." Jamie schlenderte zum Tisch, setzte sich rittlings auf den Stuhl, den Brooks gerade verlassen hatte, und legte seine Unterarme auf die Tischplatte. „Hätte ich gedacht, mein Leben wäre in Gefahr, hätte ich mich nie freiwillig gemeldet."

Meg brach in schallendes Gelächter aus. „Ich habe das Gefühl, dass General Custer kurz vor Little Big Horn dasselbe gesagt hat."

Der gesamte Tisch, einschließlich Jamie, lachte mit Meg.

Jamie winkte Brooks mit dem Finger zu. „Bevor du gehst, wer kann mir sagen, wo zum Teufel Tante Eileen Diner-Slang gelernt hat?"

„Was?", hallte es von mehreren Stimmen wider.

Abbie nickte. „Er macht keine Witze. Sie ist heute Morgen in die Küche marschiert und hat verschlüsselte Frühstücksbestellungen herausgegeben, als wäre sie in einer Restaurant-Reality-TV-Show."

„Unsere Tante Eileen?", fragte Adam.

Jamie nickte und sah zu Brooks, der mit den Schultern zuckte, dann zu D.J., der den Kopf schüttelte.

„Als ich hier im Café gearbeitet habe", fügte Meg hinzu, „hat sie nie ein Wort gesagt, das darauf hingewiesen hätte, dass sie selbst schon einmal in einem Restaurant gearbeitet hat."

„Vielleicht erklärt das, warum sie eine so gute Köchin ist.", warf Becky ein.

D.J. zuckte mit den Schultern. „Nun, das könnte wirklich erklären, warum sie so gut für so viele Leute kochen kann."

„Also, was wir alle sagen, ist, dass niemand eine Ahnung hat, wo Tante Eileen Küchensprache gelernt hat." Stirnrunzelnd beugte Jamie sich vor. „Wissen wir wenigstens, was Tante Eileen getan hat, bevor sie auf die Ranch gezogen ist?"

Alle geborenen und angeheirateten Farradays blickten einander an.

„Hat sie nicht gesungen oder so?", fragte Adam. Er war am ältesten gewesen, als ihre Mutter gestorben war, und erinnerte sich am ehesten an irgendetwas, das um diese Zeit erwähnt worden war.

Brooks schnippte mit den Fingern. „Das stimmt. Sie hat ein Bild von sich, auf dem sie vor einem Mikrofon steht. Ich habe sie einmal danach gefragt, aber sie hat nie wirklich geantwortet."

„Komisch, ich habe das Foto auch gesehen. Es ist in ihrer Kommode. Aus irgendeinem Grund dachte ich immer, es wäre von einem Karaoke-Abend oder so", sagte D.J.. „Wenn es ein wichtiger Teil ihres Lebens wäre, wäre es dann nicht *auf* der Kommode „Außerdem, wer würde eine Musikkarriere hinter sich lassen, um sich um uns alle zu kümmern?"

Sogar Abbie konnte das leicht beantworten, und sie gehörte nicht zur Familie: *Eileen Callahan*. Allein heute war ein hervorragendes Beispiel dafür, wer ihre Tante war. Ohne nachgedacht und ohne ein Wort gesagt zu haben, war sie eingesprungen und hatte das Café mehr als drei Stunden lang übernommen, bis Shannon zur Arbeit gekommen war. Und sie hatte alle ihre Freundinnen dazu gebracht, ebenfalls zu helfen. Sicher, Jamie war ihr Neffe, und die ganze Stadt wusste, dass Tante Eileen darauf bedacht war, die ihren zu beschützen. Aber heute hätte Abbie genauso gut eine Farraday sein können.

Sie wusste, dass sich jede der Frauen an jedem anderen Poker-Tag ihre Getränke hätten nachfüllen lassen – und zwar oft. Aber an diesem Morgen waren sie mehr darauf bedacht gewesen, Abbie keine zusätzliche Arbeit zu bereiten. Ehrlich gesagt war sie ein wenig überrascht, dass Tante Eileen nicht früher eingesprungen war. Jedes Mal, wenn Abbie wegen dem Lärm klirrender Pfannen und anderer Küchenutensilien in die Küche gerannt war, stellte sie fest, dass Jamie lediglich litt, weil er daran dachte, eine neue Küche errichten zu müssen. Ein paar Töpfe und Pfannen zu jonglieren und fallen zu lassen, hatte für beängstigenden Lärm im Restaurant gesorgt und alle Gäste in Alarmbereitschaft versetzt, einschließlich Tante Eileen. Aber sie war ruhig geblieben. Bis zu der Busladung Touristen.

Abbie verkniff sich ein Lächeln. Diese Frau war wirklich unglaublich. Jetzt wollte Abbie, genauso wie der Rest der Farradays, mehr denn je wissen, was Tante Eileens Geschichte war?

KAPITEL FÜNF

Lange auf den Beinen zu stehen, war für Jamie nichts Neues. Als Barkeeper stand er während seinen Schichten bis tief in die Nacht. Aber heute musste einer der längsten Tage seines Lebens gewesen sein. Erst als er sich neben seine Cousins gesetzt hatte, war ihm bewusst geworden, wie knochenmüde er war. Er hatte keine Ahnung, wie Frank und Abbie das schafften, Tag für Tag, Woche für Woche, Jahr für Jahr.

Auf der anderen Seite des Raums schloss Abbie die Cafétüren ab. Er wusste, dass sie genauso müde sein musste wie er, und doch bestand sie darauf, länger zu bleiben, um ihm bei den Vorbereitungen für morgen zu helfen. Den ganzen Tag hatte er sie zwischen Küche und Café hin- und herlaufen sehen. Ein paarmal hatte er den Luxus gehabt, innezuhalten und zuzusehen, wie sie umherflatterte. Ihm kam der Gedanke, dass Frank es vermutlich so durch den Tag schaffte. Die meiste Zeit trug Abbie ein Lächeln auf den Lippen, das ihm, wenn sie es in seine Richtung warf, den nötigen Energieschub gab, um durchzuhalten.

„Alles fertig?" Mit einem zufriedenen Lächeln nahm sie die Spange aus ihrem Haar und schüttelte Kaskaden kastanienbrauner Haare aus. Dann streckte sie ihre Schultern und ihren Nacken, bevor sie ihr Haar wieder zu einem Dutt zusammendrehte, mit der Spange fixierte und zur Küchentür ging.

Nachdem sich der Ansturm zum Abendessen beruhigt hatte, war er Franks Rat gefolgt und hatte mit den Vorbereitungen für das morgige Tagesmenü begonnen.

„Ich weiß, dass Frank seine Karte mindestens eine Woche im Voraus plant. Das Problem ist, dass er es nirgends aufschreibt."

Jamie folgte Abbie in die Küche. „Ich weiß."

Sie drehte sich um und blickte ihn über ihre Schulter hinweg an. „Im Ernst?"

Das Telefon in seiner Tasche klingelte, und er wusste, dass es zu dieser Stunde nur eine Person sein konnte. Ohne sich die Mühe zu machen, auf den Bildschirm zu schauen, wischte er über das Telefon. „Ich bin in der Küche."

Franks tiefe Stimme dröhnte durch die Leitung. „Wie viel hast du geschafft?"

„Eine ganze Menge. Du hattest recht."

„Natürlich hatte ich recht. Glaubst du, ich bin von gestern?"

Jamie war nie beim Militär gewesen. Er hatte nie das Vergnügen gehabt, von einem Drill-Sergeant noch vor der Morgendämmerung aus dem Bett geworfen zu werden. Ganz zu schweigen davon, noch vor der ersten Tasse Kaffee angeschrien zu werden. Ungeachtet dessen war er schlau genug, um zu wissen, dass er auf diese spezielle Frage nicht antworten sollte.

„Ich höre Schritte", murmelte Frank. „Diese Frau hat bionische Ohren. Ich schwöre, sie kann das Schnarchen einer Grille hören. Ich sollte mich ausruhen. Ich muss auflegen. Ich werde das Telefon in der Nähe behalten, falls du Fragen hast."

„Verstanden. Ruh dich aus."

„Jetzt klingst du wie deine Tante. Ich habe mir den Fuß verletzt, nicht den Mund."

Die Stimme seiner Tante wurde lauter, aber sie war

noch nicht nahe genug, dass Jamie ihre Worte verstehen konnte.

„Ich muss wirklich schlussmachen. Du kümmerst dich um alles." Die Verbindung wurde getrennt.

Jamie musste lachen. Wie viele Menschen könnten einen ehemaligen Drill-Sergeant bei den Marines dazu bringen, kleinbeizugeben? Er kannte nur eine. Die Naturgewalt Eileen.

„Das klingt nicht nach dem ersten Anruf." Abbie deutete mit dem Finger auf sein Handy.

Er steckte das Telefon in seine Brusttasche und nickte. „Du willst es nicht wissen."

Abbies Augen wurden überraschend rund. „Wie oft hat er angerufen?"

Jamie zuckte mit den Schultern. „Er wollte nicht, dass du in Schwierigkeiten gerätst."

„Wer hat schon mal von einem Koch gehört, der sich nicht dauern einmischt?"

„Sei nicht zu hart zu ihm. Er macht sich Sorgen um dich."

Die plötzliche Sanftheit in ihrem Blick brachte ihn dazu, sich zu fragen, ob die Beziehung zwischen Abbie und Frank vielleicht über die einer Arbeitgeberin und eines Arbeitnehmers hinausging. Ihre Aufmerksamkeit richtete sich auf den Vorbereitungsbereich in der kleinen Küche. „Oh, du warst beschäftigt."

Es gefiel ihm, das zufriedene Grinsen auf ihrem Gesicht zu sehen. „Frank hat mir seine Routine erklärt. Bis ins kleinste Detail."

„Oh Gott, er ruft dich schon den *ganzen* Tag an, oder?"

Jamie unterdrückte ein Lächeln. „Ja, kommt hin."

„Ich werde ihn bitten aufzuhören."

„Das wird nicht nötig sein." Jamie ging auf die andere Seite des Edelstahltisches und stellte sich neben sie. „Wenn es hektisch war, bin ich einfach nicht ans

Telefon gegangen."

Abbies Augen weiteten sich. „Oh, ich wette, das ist nicht gut angekommen."

„Er hätte dasselbe getan. Er ist ein großer Junge."

„Im Moment bin ich mir da nicht so sicher." Sie lächelte wieder und Jamie fragte sich, wieso ihm so ein herzerwärmendes Lächeln zuvor nicht aufgefallen war.

Mit der Arbeit, die er bereits unter Franks Anleitung erledigt hatte, und der zusätzlichen Hilfe waren die Vorbereitungen für den nächsten Tag im Handumdrehen geschafft und im Kühlschrank verstaut.

„Wenn du die Wohnung im Obergeschoss nutzen möchtest, kannst du das gerne tun."

Jamie schüttelte den Kopf.

„Bis zur Ranch ist es weit und die Dämmerung setzt früh ein."

Das wusste er zu gut. Wenn man auf einer Ranch aufwuchs, war es ziemlich normal, den Tag mitten in der Nacht zu beginnen. Natürlich hatte er damals die Nächte zuvor nicht bis nach Einbruch der Dunkelheit gearbeitet. „Danke für das Angebot. Im Moment passt es so. Wenn es zu viel wird, lasse ich es dich wissen."

Abbie nickte. „Gut."

Jamie stand vor der Tür des Cafés und wartete darauf, dass sie abschloss. „Ich nehme dich mit."

„Nicht nötig." Sie drehte sich zu ihm um und hängte die Schlüssel an den Riemen ihrer Handtasche. „Der Spaziergang hilft mir, abzuschalten."

Das hatte Frank ihm heute bei einem seiner neun Millionen Anrufe auch erzählt. Wenn sie den Kopf voll hatte, ging sie zu Fuß zur nach Hause. „Macht Sinn. Ich gehe mit dir."

Sie blieb stehen und starrte ihn an. Langsam zogen sich ihre Brauen über ihrem Nasenrücken zusammen. Als ein finsterer Blick daraus wurde, wusste er, dass er erwischt worden waren. „Frank."

Es war keine Frage, aber er nickte trotzdem.

„Ich schwöre", grummelte sie und wirbelte herum, „das ist nicht wirklich ein Viertel mit hoher Kriminalität."

Er ließ seine Hände in seine Tasche gleiten, setzte ein Lächeln auf und schüttelte den Kopf.

„Aber du wirst mich begleiten, egal was ich sage."

Wieder keine Frage, aber er nickte trotzdem. „Frank ist größer und stärker als ich. Ich gehe nicht nach Hause und berichte, dass ich dich alleine nach Hause gehen ließ."

Sie warf sich ihre Handtasche über die Schulter, verdrehte die Augen und schüttelte den Kopf, während sie „Männer" murmelte.

„Es wäre", er zeigte auf das einsame Auto auf dem Parkplatz, „ein Segen für meine müden Füße, wenn ich dich einfach nach Hause fahren dürfte."

Ihr Blick huschte den Block hinunter und dann zurück zu ihm. Für eine Sekunde war er sich sicher, dass sie ihm eine Standpauke halten würde, bevor ihre Schultern in einem tiefen Ausatmen nach unten sanken. „Gut. Aber Frank und ich werden uns morgen nett unterhalten und ein paar Dinge regeln."

„Besser du als ich."

Kopfschüttelnd und finster dreinblickend wandte sie sich ab. Ihre Schritte wurden schwerer, sie murmelte etwas, das er nicht ganz verstehen konnte, aber er war sich ziemlich sicher, dass die Wörter *Männer* und *unverbesserlich* darunter waren, und nicht so verspielt klangen wie noch einen Augenblick zuvor. Was auch immer gerade in diesem hübschen Kopf vor sich ging, schien keine sehr hohe Meinung von der männlichen Spezies zu sein. Was tief in seinem Inneren den unerwarteten Drang weckte, die Aufgabe zu übernehmen, diese Meinung zu ändern. Wie kam er auf diese verrückte Idee?

Wie verrückt war sie, sich von einem Mann nach Hause fahren zu lassen – die ganzen vier Blocks. Obwohl ihre geistige Gesundheit schon gestern Abend hätte in Frage gestellt werden sollen, als sie zugestimmt hatte, Jamison Farraday im Café kochen zu lassen. Ihren baldigen Konkurrenten. Ein Konkurrent, der bis Ende der Woche alle Rezepte von Frank kennen würde. Vielleicht sollte sie sich sogar fragen, wie *dumm* sie war.

„Was auch immer es ist, ich habe es nicht getan."

Abbie blinzelte zweimal, wandte dann ihren Blick vom Fenster ab und konzentrierte sich auf ihn. Vielleicht war er der Verrückte. „Was getan?"

„Du hast die Stirn gerunzelt und dein Rücken ist so steif wie ein Holzbrett. Worüber du auch immer nachdenkst, ich habe es nicht getan."

Genau das, was sie brauchte, ein aufmerksamer Rezeptdieb.

Jamie bog in ihre Straße ein. „Welches Haus?"

„Das dritte rechts."

Er bog in die Einfahrt ein, lehnte sich über das Lenkrad und spähte zum Haus hinauf. „Niedlich."

„Danke." Sie war verdammt stolz auf diesen Ort. Vor zehn Jahren kam sie als Kellnerin in Dallas kaum über die Runden und nun war sie Besitzerin eines Cafés und ihres eigenen kleinen Hauses. Bevor sie ihre Handtasche und ihre Energie zusammenraffen konnte, hatte Jamie die Motorhaube umrundet und hielt ihr die Beifahrertür auf. Wenn ihr jemand sagen würde, die Farraday-Männer hätten die Ritterlichkeit gepachtet, würde sie ihnen glauben. „Danke."

„Gerne."

Die Tür des alten Trucks schlug zu und Abbie

drehte sich um. „Du musst mich nicht bis zur Tür bringen. Selbst Frank bringt mich nicht zur Tür."

Sein Blick wanderte von ihr zum Haus und dann zu den Häusern der Nachbarn. Sie konnte fast die Gedanken in seinem Kopf hören. *Würde Frank ihn töten, wenn er neben dem Truck wartete? Was, wenn der Teufel sich hinter der Tür versteckte? Falls das der Fall war, war Frank sein geringstes Problem. Seine Tante und sein Onkel würden ihm bei lebendigem Leibe die Haut abziehen. Verwandtschaft hin oder her.*

„Wenn ich es mir recht überlege", sie hob die Hand, „warum kommst du nicht auf eine Tasse Tee rein, dann kannst du Frank und deiner Familie sagen, dass sich niemand hinter dem Duschvorhang versteckt hat."

Jamies Augen wurden rund wie der Vollmond, was Abbie zum Lachen brachte.

„Danke, aber wenn es dir nichts ausmacht, bringe ich dich einfach zur Tür und nehme dein Angebot für den Tee ein andermal wahr."

„Du willst also nicht hinter dem Duschvorhang nachsehen?"

Er zögerte einen Moment zu lange und sie wusste, dass er es tatsächlich in Erwägung zog.

„Komm rein", sagte sie lachend. „Du kannst sogar unter dem Bett nachsehen, wenn du möchtest."

Mit den Händen in den Hosentaschen ging er schwerfällig neben ihr her. „Kannst du auch Gedanken lesen?"

„Nein." Sie steckte den Schlüssel ins Schloss und ignorierte die kleine Falte, die sich zwischen seinen Brauen bildete, als er die Anzahl der Schlösser an ihrer Tür sah. Es war lange her, seit sie sie alle benutzt hatte, aber zu wissen, dass sie immer noch da waren, sollte sie sie brauchen, half ihr, besser zu schlafen.

Drinnen schaltete sie das Licht ein, warf ihre

Schlüssel auf den Tisch neben der Tür und drehte sich zu Jamie um. „Letzte Möglichkeit?"

Er blickte über ihre Schulter zum anderen Ende ihres winzigen Hauses und schüttelte den Kopf. „Ich denke, ich kann berichten, dass alles in Ordnung ist."

„Wie du meinst." Sie stand etwas hinter der offenen Tür.

Eine halbe Sekunde hielt er inne, als würde er noch einmal darüber nachdenken, unter dem Bett nachzusehen. „Bis morgen."

„Bis morgen", wiederholte Abbie.

Das Haus im Auge behaltend, ging Jamie auf dem Gehweg ein paar Schritte rückwärts, bevor er sich seinem Auto zuwandte.

Sie schloss die Haustür und sperrte einen einzigen Türriegel ab. Vielleicht waren drei sogar damals, als sie das Haus gekauft hatte, etwas übertrieben gewesen.

Begierig darauf, endlich Bett zu kriechen, widerstand sie dem Drang, durch die Vorhänge zu spähen und Jamies Truck davonrollen zu sehen. Stattdessen legte sie eine Hand in den Nacken, drehte den Kopf und streckte sich, bis die letzten Geräusche des dröhnenden Motors in der Nacht verschwunden waren.

Morgen, falls sie nicht hirntot war, weil sie heute den ganzen Tag ohne viel Schlaf hatte funktionieren müssen, würde sie sich einen Alternativplan einfallen lassen müssen. Eine verrückte Minute lang fragte sie sich, ob Tante Eileen so kochen konnte, wie sie kellnerte.

KAPITEL SECHS

„**D**as sollte nicht so schwierig sein." Sean stellte die Schlagsahne, die vom Dessert übriggeblieben war, in den Kühlschrank, drehte sich zu seiner Schwägerin um und trat die Tür mit dem Fuß zu. „Der sture Mann macht drei Schritte vor und zwei Schritte zurück. Sein Fuß wird bei diesem Tempo ewig brauchen, um zu heilen."

„Ich schwöre, dieser Mann lässt einen sturen alten Esel vernünftig erscheinen." Tante Eileen schloss die Tür der Spülmaschine und drückte auf den Knopf.

Sean deutete mit dem Kopf in Richtung Schlafzimmerflur. „Nimmt jemand Wetten an, ob er sich da drin gerade einen Stiefel anzieht und seine Flucht plant?"

„Was sollen wir machen?" Eileen lehnte sich gegen die Theke. „Er hat recht. Jamie kann nicht ewig im Café kochen. Bald wird er mit der Arbeit im Pub alle Hände voll zu tun haben."

„Das stimmt, aber es ist noch nicht einmal eine Woche vergangen. Die Tinte auf dem Kaufvertrag hatte kaum Zeit zu trocknen. Es gibt eine ganze Menge neuer Pläne, die gemacht werden müssen, bevor der erste Hammer geschwungen wird. Das gibt Frank genug Zeit, um sich zu kurieren – falls er kooperiert."

Eileen wusste, dass Sean recht hatte. Ohne die Einmischung durch das Unternehmen, gab es bereits ein paar Änderungen, die Jamie wieder in die Entwürfe einfügen wollte, gegen die Crocker sein Veto eingelegt hatte. Nichts Großes, aber genug, um die Abnahme durch einen Architekten zu benötigen, was den Beginn der Abrissphase verzögerte. Und nichts davon würde so schnell passieren, dass Frank seiner Gesundheit etwas abverlangen musste. „Okay, ich weiß das, und du weißt das. Die Frage ist, wie überzeugen wir Frank?"

„Da hätte ich mehr Glück, wenn ich einen Bullen am Gemächt kraulen würde."

Sie verkniff sich ein Lachen. Warum musste alles, was so komisch klang, immer einen Funken Wahrheit enthalten? Sie wünschte sich nur dieses eine Mal, dass Sean in seinem Vergleich nicht richtig liegen würde, aber es wäre wirklich viel einfacher, mit einem unkooperativenen, angepissten Bullen fertig zu werden, als mit Frank. Als wollte es ihren Standpunkt untermauern, ertönte ein laut krachendes Geräusch, das zu sehr nach einem wütenden Stier klang, der im Gatter herumtobte.

Sie rannte den Flur entlang und kam gerade rechtzeitig an der Tür an, um Frank ohne Krücken ausgestreckt auf dem Boden liegen zu sehen. *Stur* reichte nicht aus, um diesen dickköpfigen Koch auch nur ansatzweise zu beschrieben.

„Steht nicht einfach da", bellte Frank. „Die Krücken sind neben dem Bett."

Sean schlurfte um Eileen herum und durchquerte mit ein paar langen Schritten das große Schlafzimmer. Er holte die geforderten Krücken und streckte eine Hand aus, um Frank vom Boden aufzuhelfen. „Ich weiß, dass du es gewohnt bist, Befehle zu erteilen, aber in diesem Haus ist es üblich, Zeit für das Wort *bitte* zu finden."

„Entschuldige. Bitte und Danke." Auf einem Bein balancierend legte er eine Krücke unter jeden Arm und schwang sich die paar Schritte zum Bett, wo er sich auf die Matratze fallen ließ. „Ich weiß nicht, wie die Jungs das machen."

Eileen verstand nicht – welche Jungs machten was? Franks Gesichtsausdruck war verhalten, düster. Er sah niedergeschlagen aus.

„Ich habe sie vergessen", murmelte Frank und lehnte die Gehhilfen vorsichtig an die Wand. „Bin aus dem Schlaf aufgewacht und musste aufs Klo. Als ich aufstand und von einem Schritt auf dem guten Fuß zum verletzten wechselte, ging ich wie ein Baum zu Boden."

Sean nickte und Eileen eilte zum Bett, um ein zusätzliches Kissen unter Franks Bein zu platzieren, und fragte sich, was ihr entging.

„Ein paar Wochen und mein Leben wird wieder normal sein."

„Wenn du Brooks' Anweisungen befolgst", mischte sich Sean ein.

Frank nickte und stieß einen Seufzer aus, als er sich bequemer in die Kissen sinken ließ. „Ich wusste es", er tippte sich an die Schläfe, „aber ich habe es nicht verstanden." Dann ließ er die Hand auf sein Brust fallen.

Eileen hatte keinen Zweifel daran, dass der Schmerz in Franks Augen nichts mit seinem verletzten Fuß zu tun hatte.

„Zu viele unserer Jungs werden mit einer neuen Normalität nach Hause geschickt." Frank stieß einen weiteren Seufzer aus und blickte von Sean zu Eileen. „Wir glauben zu verstehen, was sie durchgemacht haben. Dann aufzustehen und festzustellen, dass dein Bein dich nicht trägt, nun, das", er tippte auf sein verletztes Bein, „ist wahres Verständnis. Und lasst mich euch sagen, es ist scheiße. Diese paar Minuten hätte ich genauso gut kein Bein haben können. Ich habe kein Recht, mich zu beschweren. Von jetzt an machen wir es, wie der Doc es vorschreibt. Hochlagern und nicht in den Sonnenuntergang davongehen."

Sean sagte für einen langen Moment kein Wort, sondern senkte nur zustimmend sein Kinn, bevor er durch den Raum und zurück blickte. „Brauchst du Hilfe im Badezimmer?"

Stirnrunzelnd starrte Frank ihn ausdruckslos an. Einen Moment später entspannte sich sein Gesichtsausdruck und er schüttelte den Kopf. „Nein. Ich schätze, ich muss doch nicht."

„Sehr gut. Ich denke, ich werde früh ins Bett gehen." Sean streifte seine Schwägerin und tätschelte ihr sanft den Arm, als er zur Tür hinausging.

Versucht, die Kissen erneut aufzuschütteln, hatte Eileen genügend Jahre mit Männern verbracht, um zu wissen, dass diese Geste nicht wirklich geschätzt werden würde und trat stattdessen einen Schritt zurück. Ihre Gedanken wanderten in jene Zeit zurück, als Ethan nach der Operation, um sein Bein zu retten, nach Hause gekommen war. Sie hasste es, dass es der Gedanke an all die Soldaten war, die Gliedmaßen verloren hatten, der Frank dazu brachte, auf sich selbst aufzupassen. Aber noch mehr hasste sie es, dass überhaupt jemand seine Gliedmaßen verlieren musste. „Wenn du etwas brauchst –"

„Ich weiß." Frank deutete auf die Klingel auf dem Nachttisch. „Einfach klingeln."

„Schlaf gut." Wenigstens müsste sie sich jetzt keine Sorgen machen, dass Frank alles noch schlimmer machen könnte. Als sie die Schlafzimmertür hinter sich schloss, überraschte sie das Geräusch von Sean in der Küche. Er stand neben der Spüle und starrte aus dem Fenster. Er hatte zwei Tassen auf den Tisch gestellt und zuckte nicht zusammen, als der Wasserkocher zu pfeifen begann.

Ohne ein Wort zu sagen, drehte sie den Herd aus

und goss dampfendes Wasser in die leeren Tassen.

Erst als sie den Kessel wieder auf den Herd stellte, schien Sean zu bemerken, dass sie in die Küche zurückgekehrt war. „Ich wollte das tun.“

„Ich weiß.“ Eileen lächelte zu dem Mann auf, den sie in den weit über zwanzig Jahren mit Leichtigkeit zu lesen gelernt hatte. „Willst du mir sagen, was da zwischen deinen Ohren herumrollt?“

Sean kicherte. Das war dasselbe, was ihre Schwester vor tausenden von Jahren immer zu ihm oder den Kindern gesagt hatte. Er zupfte an seinem Ohr und lächelte sie an. „Ich vermute, mit der Unsterblichkeit der Krabbe komme ich nicht davon?“

„Nein.“ Sie gab Zucker und Milch in den Tee und grinste glücklich über die Verwendung einer weiteren für ihre Schwester typischen Aussage. „Dieses Mal nicht.“

Langsam trottete Sean an den Tisch und nahm vor dem heißen Tee Platz. „Wir sind gesegnet.“

Eileen nickte.

„Wir haben all unsere Jungs zurückbekommen.“ Er legte seine Hände um die warme Tasse.

Sie nickte erneut. „Haben wir.“ Mit Ausnahme von Brooks und Adam, die mit ihrem Studium beschäftigt gewesen waren und Finn, der praktisch schon mit der Ranch verheiratet war, bevor er überhaupt in die Pubertät gekommen war, hatten alle Farraday-Männer zumindest einige Zeit damit verbracht, ihrem Land zu dienen. Von denen, die im Ausland eingesetzt waren, war es nur Ethan, den sie beinahe verloren hätten. Von dem sie wussten.

„Es ist wie Frank sagte. Wir wissen es hier oben“, er tippte mit einem Finger an seine Schläfe, so wie Frank es getan hatte, „aber wir können unmöglich wirklich verstehen, wie es ist, einen Teil von uns zu verlieren, bis er tatsächlich weg ist.“

Als sie an Helen dachte und daran, wie lange Sean gelitten hatte, unterdrückte sie einen traurigen Seufzer. Nicht zu schätzen, was man hat, bis es weg ist, war eine traurige Wahrheit. Ein Bild des Briefes, der tief in ihrer Kommode versteckt war, erinnerte sie daran, dass manche Lektionen nur auf die harte Tour gelernt werden konnten.

Nach fast einer Woche als Koch im Café hatte Jamie einen gesünderen Respekt für das Restaurantpersonal entwickelt. Im Gegensatz zu seinen Cousins, die einige Zeit beim Militär gedient hatten, wusste Jamie die Ausdauer eines ehemaligen Marines nicht zu schätzen, bis er all diese Tage Franks Arbeit erledigte. Weniger der Job war die Herausforderung, sondern sechzehn Stunden am Tag auf den Beinen zu stehen. Soweit Jamie sagen konnte, machten weder Abbie noch Frank eine Mittags- oder Abendpause.

Abbie schob sich durch die Küchentür und deutete mit dem Daumen über ihre Schulter. „Adam und D.J. sind gerade hereingekommen und sehen ziemlich grimmig aus. Chase ist auch auf dem Weg. Sobald du die letzte Bestellung fertig hast, sollst du dich ihnen anzuschließen."

Das gefiel ihm rein gar nicht. Wieso kamen seine Cousins und Grace' Ehemann mit grimmiger Miene ins Café? „Haben sie etwas über Onkel Sean oder Tante Eileen gesagt?"

„Nein." Kopfschüttelnd machte Abbie einen weiteren Schritt in die Küche und ließ die Türen hinter sich zufallen. „Irgendwas bezüglich des Stadtrats, was mir sagt, dass es vielleicht etwas ..."

„Mit dem Pub zu tun hat", beendete er für sie.

In den letzten Tagen hatte er Abbie Stück für Stück davon überzeugt, dass es gelingen könnte, zwei Lokale in der Stadt zu haben. Ihrem besorgten Gesichtsausdruck bezüglich der Zukunft seines neuen Unternehmens nach zu urteilen, hoffte er, dass er sie von seiner Denkweise überzeugt hatte. Die Vorstellung, dass er das zerbrechliche Fundament seiner ziemlich unkonventionellen Freundschaft mit Abbie verlieren und es durch das vorsichtige Verhalten von Rivalen ersetzt werden könnte, gefiel ihm überhaupt nicht.

Sie wartete vor der Anrichte auf die beiden Mahlzeiten, nahm eine in jede Hand und deutete mit dem Kopf zur Tür. „Los, beeil dich."

Abgesehen von dem jungen Paar ein paar Nischen von seinen Cousins entfernt und zwei Tischen mit Einheimischen, die sich im hinteren Teil des Cafés bei Kaffee und Kuchen unterhielten, war das Lokal so kurz vor dem Schließen ziemlich leer. Anstatt in die Kabine zu rutschen, schnappte sich Jamie einen Stuhl, drehte ihn um, schob ihn ans Ende des Tisches und setzte sich rittlings darauf, damit er bei Bedarf schnell aufstehen konnte. „Sagt mir, welche von euren Frauen hat euch Possenreißer heute Morgen aus dem Haus geworfen?"

Wie zusammenpassende Buchstützen schossen die Augenbrauen von Adam und D.J. nach oben.

„Schaut mich nicht so an. Der einzige Grund für solche säuerlichen Mienen ist, dass eure Frauen euch aus dem Bett geworfen haben."

Adam verdrehte die Augen und D.J. lehnte sich zurück und stieß einen Seufzer aus.

„Hat irgendein Teenager wieder schwarzgebrannten Fusel in die Finger bekommen und ist in einem eurer Büros gelandet?", neckte Jamie.

„Gott, nein." Adam schüttelte den Kopf. „Wünsch das niemandem."

„Es geht nicht um unsere Frauen oder eine schlechte Destille", sagte D.J. leise.

Er mochte den Schauer nicht, der ihm den Rücken hinablief. Er hatte Witze über die Ehefrauen und Fusel gemacht, aber vielleicht irrte er sich immer noch, und hier ging es nicht um das Pub. „Ist etwas mit der Familie?"

„Nicht so, wie du meinst." D.J. entdeckte Grace' Ehemann eintreten und winkte ihn zum Tisch. Sobald sich ihr Schwager in der Nische niedergelassen hatten, beugte sich D.J. vor. „Warum erzählst du Jamie und Adam nicht von Anfang an, was du mir gesagt hast, und sagst uns dann allen, was du nach der Notfallsitzung des Stadtrats noch zu berichten hast."

„Notfall?", murmelte Adam. „Hat der Stadtrat das schon einmal gemacht?"

D.J. schüttelte den Kopf. „Nicht, dass ich wüsste. Als ich hörte, dass die Öffentlichkeit ausgeschlossen wurde, wusste ich, dass uns die Fakten früher oder später interessieren sollten."

Chase nickte. „Es hat einige Vorteile, mit der Rechtsberaterin der Stadt verheiratet zu sein. Sie und der Bürgermeister sind noch in einer Besprechung, aber bisher habe ich Folgendes herausgefunden. Laut meiner Frau war das einzig Kluge im ursprünglichen Vertrag zwischen Crocker Industries und dem alten Thomas die Rücktrittsklausel. Das erlaubte Jake, jederzeit aus irgendeinem Grund vor dem endgültigen Vertragsabschluss von der Vereinbarung zurückzutreten, solange er alle mit der Absichtserklärung erhaltenen Gelder zurückgab.

„Niemand hat jemals gesagt, dass der alte Thomas ein Dummkopf ist." Adam sah zu seinem Schwager. „Können wir das überspringen und zu dem kommen, was gerade vor sich geht?"

Chase nahm einen Schluck Wasser aus seinem Glas. „Der Punkt ist, dass, egal wie aufgebracht

Crocker über den Verlust des Gebäudes war, sie rechtlich nichts tun konnten, um Jamie oder Thomas bei diesem Deal in die Quere zu kommen. Ihnen waren die Hände gebunden. Grace hat dafür gesorgt, dass wir alle abgesichert waren, bevor wir uns hier beteiligten, damit Crockers Verärgerung kein Problem für uns darstellen kann."

„Sie waren wirklich nicht glücklich mit meiner Entscheidung." Jamie lächelte, als er daran dachte, wie laut Jeff Nimbus am Telefon gebrüllt hatte. Im Krieg und in der Liebe ist alles erlaubt – und in der Geschäftswelt ebenso. Wenn Crocker ihm den Boden unter den Füßen wegzog, hätten sie nicht so überrascht sein dürfen, dass er bereit war, ihnen dasselbe anzutun.

„Was jedoch niemand in Betracht gezogen hat", fuhr Chase fort, „war, dass Crocker die Idee, ein Hemingway's hier in der Stadt zu bringen, nicht aufgegeben hat."

„Du veräppelst mich?", geiferte Jamie. „Wo denken sie, dass sie ein Restaurant dieser Größe unterbringen können? Die wenigen verfügbaren Läden sind nicht einmal groß genug für eine Eisdiele, geschweige denn für ein Restaurant."

„Nein", Chase schüttelte den Kopf. „Die verfügbaren Immobilien sind keine Option."

Ein schrecklicher Gedanke kam Jamie in den Sinn. „Oh, sag mir nicht, dass sie es auf deinen Laden abgesehen haben?"

Chase schüttelte erneut den Kopf. „Sie haben eine Baugenehmigung beantragt."

„Was?", riefen mehrere Stimmen.

„Ihr habt mich verstanden. Darum ging es bei der Notfallsitzung. Sie bieten anscheinend einige sehr lukrative Anreize für schnelles Handeln. Sie wollen am Rand von Tuckers Bluff auf einem Grundstück bauen, das der Stadt gehört."

„Wenn das keine interessante Wendung ist." Adam lehnte sich zurück. „Von einem Restaurant zu drei."

„Bei drei wird das Geschäft für alle unrentabel", warf Jamie ein. Er hatte viele Studien durchgeführt. Zwei Restaurants waren realisierbar, drei würden genug Schaden anrichten, um alle zu ruinieren.

„Einige im Stadtrat sehen das genauso."

„Gut", Adam wedelte mit den Händen. „Baugenehmigung verweigert. Warum sind wir also hier?"

„Weil", Chase stützte seine Ellbogen auf den Tisch und beugte sich vor, „einige Leute im Stadtrat nur Dollarzeichen sehen und andere sich wegen der Gelegenheit auf Bauaufträge unschlüssig sind."

„Das wäre nur eine kurzfristige Auftragssteigerung", korrigierte Jamie. „Das O'Fearadaigh's würde mit den Renovierungsarbeiten dasselbe bewirken."

„Das war auch Grace' Argument, aber es hat nur bedingt geholfen. Umbau und Neubau sind zwei unterschiedliche Dinge."

Jamie gefiel das nicht. „Spuck es aus."

„Es gab nur eine Sache, auf die sich der Stadtrat einstimmig geeinigt hat."

Vor Erwartung versteiftem sich alle.

„Innerhalb der Stadtgrenzen wird nur eine Schanklizenz ausgestellt."

„An wen?", fragte Adam.

„Das", Chase legte seine Handflächen flach auf den Tisch, „ist der Grund, warum wir uns gerade treffen."

Nichts an dem Blick der Farraday-Männer, die neben Jamie saßen, konnte Abbie beruhigen. Eine frische Kanne Kaffee aufzubrühen und schon einmal anzufangen, die Salz- und Pfefferstreuer zu befüllen, beschäftigte ihre Hände, aber nicht ihren Verstand. Sie wollte unbedingt lauschen, aber wenn es um das Pub ging, hatte sie nichts in der Nähe des Tisches zu suchen. Als sie gerade zum Befüllen der Ketchupflaschen übergehen wollte, machte sie die Klingel über der Tür auf neue Kunden aufmerksam. Eine willkommene Ablenkung, selbst so kurz vor Ladenschluss.

Als sie die beiden erkannte, wusste sie bereits, wie die Bestellungen lauten würden. So wie immer, wenn Teenager hereinkamen. Zwei Cheeseburger ohne Zwiebeln und ein paar Colas. Caesar-Salat und Cola Light, wenn es Mädchen wären.

Abbie verdrängte die Ansammlung von Farradays aus ihren Gedanken und lächelte die fröhlichen Kinder an. „Ihr seht heute ja gutgelaunt aus."

Der rothaarige Teenager, der Jüngste einer der größeren Rancherfamilien, strahlte sie an. „Ich hatte im Sisters ein neues Jagdmesser bestellt und konnte es heute gerade rechtzeitig für unseren Campingausflug an diesem Wochenende abholen."

Das wäre nicht das erste oder letzte Kind, das überschäumend vor Freude über sein neuestes *Spielzeug* einen Zwischenstopp im Café machte. Nach all den Jahren, in denen sie nun schon in West-Texas lebte, verstand Abbie die Vorliebe der Bewohner des *Wilden Westens* für Messer und Waffen immer noch nicht. Aber zumindest hatte sie keine Angst mehr vor ihnen. Wenn es darum ging, gefangen und hilflos zu sein oder einen bewaffneten Farraday oder Brady oder anderen Rancher an ihrer Seite zu haben, dann würde sie sich, egal ob Mann oder Frau, jung oder alt, ohne nachzudenken für eine neunzigjährige Oma aus West-Texas mit einem Gewehr entscheiden.

Auf halbem Weg zur Küche sah sie Jamie, der sich aufrappelte, und winkte ihm zu. Da es sich nur diese beiden Kinder handelte und die wenigen Leute am anderen Tisch mehr plauderten als aßen, konnte sie die paar Burger selbst grillen.

Abbie konzentrierte sich darauf, die Bestellungen auf die Teller zu bringen und sich nicht am heißen Grill zu verbrennen, und schaffte es so, kein einziges Mal darüber nachzudenken, was am Tisch von Jamie und seiner Familie vor sich ging.

Als sie mit einem Teller in jeder Hand zum Tisch der Teenager zurückkehrte, konnte sie die Aufregung in ihren Stimmen hören. So wie sie die Köpfe zusammensteckten, sahen sie aus, als würden sie planen, die Welt zu erobern. „Hier bitte, Jungs."

Der Junge mit dem neuen Messer lehnte sich zurück, um Platz für die Burger zu schaffen, wobei er es fest in der Hand hielt und immer noch mit seinem Freund scherzte, fast so, als wäre es ein Buttermesser und keine Waffe, mit der man ein großes Tier ausweiden könnte.

Abbie setzte jedem Kind einen Teller vor, wobei sie ihren Blick auf die Gesichter der Jungen gerichtet hielt, während diese das Burgerfleisch mit Ketchup übergossen. „Noch etwas?", fragte sie.

„Nein, danke", murmelte einer der Jungen und griff mit beiden Händen nach seinem Burger.

In einer schnellen Bewegung schnitt der andere Junge seinen Burger in Stücke und drehte sich mit einem breiten Lächeln zu Abbie um, wobei er das mit Ketchup überzogenen Jagdmesser immer noch in der Hand hatte.

Alle Versuche, das Messer zu ignorieren, schlugen fehl. Gedämpfte Worte klingelten in ihren Ohren. Das Deckenlicht fing sich in dem schimmernden Metall und strahlte ihr in die Augen. Weitere gedämpfte Geräusche summten in ihren Ohren. Der Junge fuhr fort, die rot überzogene Klinge wie ein hypnotisches Metronom hin und her zu schwenken.

„Abbie." Laut und stark durchdrang ihr Name den Nebel. „Ist etwas nicht in Ordnung?"

Blinzelnd richtete sie ihren Blick auf das erschrockene Kind. „Geht es Ihnen gut, Miss Abbie?"

„Abbie." Tiefer, weicher ertönte wieder ihr Name. Diesmal begleitet von einem sanften Griff um ihre Arme. „Abbie?"

Jamie stand neben ihr und sah genauso besorgt aus wie das Kind am Tisch.

„Steck das Ding weg." D.J. war Jamie an ihre Seite gefolgt. Adam und Chase waren ein oder zwei Schritte dahinter. Der Junge brauchte einen langen Moment, um zu verstehen, dass D.J. sein neues Messer meinte.

Aus den Augen, aus dem Sinn. Sie holte tief Luft, schloss ihre Augen und suchte nach etwas, das sie sagen könnte. „Tut mir leid, Leute. Es war ein langer Tag."

Die beiden Teenager zuckten mit den Schultern. Der Junge mit dem Messer hielt ihr sein Glas hin. „Könnte ich bitte noch etwas zu trinken haben?"

D.J. starrte sie an und beobachtete sie schweigend.

Jamie warf einen kurzen Blick auf seine Cousins, zuerst D.J., dann Adam.

„Eine Cola, kommt sofort." Sie wirbelte herum und sah, wie die Farraday-Männer sie beobachteten, als würden sie eine Klapperschlange im Auge behalten, die kurz davorstand, zuzubeißen. „Mir geht es gut. Nur zu viel im Kopf."

Sie wandte sich ab, schenkte dem Kind schnell ein frisches Getränk ein und eilte dann zur Damentoilette, um sich zu sammeln, bevor alle noch dachten, sie hätte den Verstand verloren. Aber für ein paar Sekunden hatte sie das vielleicht sogar.„

KAPITEL SIEBEN

„Immer noch keine Neuigkeiten?" Abbie griff nach dem Sandwich auf Vollkorntoast.

Jamie schüttelte den Kopf.

„Ich war mir sicher, du hättest bereits etwas gehört."

In den letzten zwei Tagen hatte er auf weitere Neuigkeiten vom Stadtrat gewartet. Das Einzige, was sie neulich Abend nach einem privaten Treffen mit Grace und dem Bürgermeister festgestellt hatten, war, dass der Stadtrat mehr Zeit brauchte. Er hielt sich selbst für einen geduldigen Mann, aber im Moment war Zeit nicht sein Freund und seine Geduld schwand schnell. Seine Familie hatte eine Menge Geld in das Gebäude investiert. Ein Gebäude, das praktisch nutzlos wäre, wenn die Stadt ihnen keine Schanklizenz ausstellte. Was nützte schließlich ein Pub, das nicht einmal Bier ausschenken durfte?

„Wie ein guter Freund von mir einmal sagte, schau nicht so verloren."

Ihm seine eigenen Worte vorzuhalten, brachte Jamie tatsächlich zum Lächeln. Sonntags war der einzige Tag, an dem das Café früher schloss, und Jamie hatte vor, einen Teil seiner Freizeit zu nutzen, um den Dachboden zu durchstöbern. Er konnte vielleicht nicht mit dem Bau beginnen, aber den Lagerbereich aufzuräumen war besser, als Däumchen zu drehen.

Nach ein paar Minuten kam Abbie wieder durch

die Tür zurück und stellte einen Stapel Geschirr ab. „Das ist der Rest. Sieht aus, als wären wir für heute fertig."

Jamie spähte auf die Uhr über der Tür. „Schließt du heute früher?"

„Das kommt vor. Sobald es Sonntagnachmittags ruhiger wird, war's das. Sonntag ist Familientag, und das ist für mich völlig in Ordnung."

Familientag. Soweit Jamie wusste, hatte Abbie keine Familie in Tuckers Bluff. Als er eine Minute darüber nachdachte, wurde ihm klar, dass er keine Ahnung hatte, ob sie irgendwo Familie hatte. Der heutige Tag beendete die erste volle Woche, in der er mit ihr zusammenarbeitete, und abgesehen davon, dass sie ein bezauberndes Lächeln und eine erstaunliche Arbeitsmoral hatte, wusste er kaum mehr über sie als noch vor sieben Tagen. „Hast du irgendwelche Pläne für heute Nachmittag?"

Abbie grinste von einem Ohr zum anderen. „Ein heißes Date mit einem kühlen Drink, den letzten Lichtstrahlen des Tages und einem Pinsel."

„Pinsel? Brauchst du Hilfe beim Streichen des Hauses?"

Dieses süße Lächeln, das ihn dazu brachte, es erwidern zu wollen, erblühte. „Nicht diese Art von Farbe. Ich male gerne Bilder. Meistens Ölfarben, gelegentlich Aquarelle, aber die finde ich schwieriger. Das ist entspannend."

Er konnte verstehen, dass sie die Möglichkeit nutzen wollte, sich zu entspannen, aber irgendwie kam es ihm falsch vor, dass sie ihren einzigen freien Tag alleine verbrachte. „Ich gehe rüber, um mit dem Ausmisten des Dachgeschosses zu beginnen. Ich vermute, du möchtest nicht zufällig helfen?"

„Dachgeschoss?"

„Nun, es ist eigentlich eher ein Dachboden."

„Richtig. Der Ort, an dem Frank herumgeschnüffelt hat, bevor er gestürzt ist."

Jamie zuckte zusammen. Er hatte diesen Teil irgendwie vergessen. „Das tut mir so leid." In den ersten paar Tagen, in denen er hier arbeitete, hatte er das wahrscheinlich ein Dutzend Mal am Tag zu ihr gesagt. „Laut Frank gibt es da oben ein paar wirklich coole Sachen. Heute habe ich das erste Mal die Gelegenheit, mir das selbst anzusehen."

Zu seiner Erleichterung funkelten ihre Augen interessiert. „Frank hat erwähnt, dass er vermutet, dass einige der Sachen da oben weit über hundert Jahre alt sein könnten."

„Ich habe den alten Thoms danach gefragt."

„Und?"

„Er hat sich beschwert, dass dieser Müll schon dort oben war, seit er den Futtermittelladen betrieb, aber es schien ihm egal zu sein, wie er überhaupt dorthin gekommen war."

Abbie schüttelte den Kopf. „Manche Leute versteht man einfach nicht. Ich bin immer noch erstaunt, dass der alte Kauz dir das Gebäude tatsächlich verkauft hat."

„Geht mir genauso. Als ich herausfand, wie viel mehr Crocker ihm angeboten hatte, um den Deal nicht aufzulösen, war ich verblüfft, dass er sie kalt abblitzen ließ."

„Nun", Abbie zuckte mit den Schultern, „ich nehme an, Jake Thomas hat tief im Inneren eine gute und loyale Seite."

Jamie unterdrückte ein Lächeln. „Oder er hasst Sushi."

Ihre braunen Augen funkelten, als Abbie herzlich lachte. „Das muss es sein."

„Also, bist du neugierig?"

„Wird Tante Eileen sich nicht darüber aufregen, dass du nicht beim Sonntagsessen bist?"

Jamie schüttelte den Kopf. „Nein. Das Sonntagsessen gibt es heute später bei Meg und Adam. Also genügend Zeit, um den Dachboden zu durchstöbern."

„In diesem Fall denke ich, dass die blauen Wiesenlupinen etwas länger warten können."

„Die was?"

„Ich mag Blumen." Abbie drehte sich um und drückte die Küchentür auf.

Blumen. Das musste er sich merken. Etwas sagte ihm, dass es in ihrem Leben nicht genug frische Blumen gab. Die Tür flog zu, und Jamie nahm sich eine Minute Zeit, um über seine vorübergehende Chefin nachzudenken. Als sie diesen Kindern Hamburger servierte, war sie wie wegetreten. Da hatte er zum ersten Mal gesehen, dass sie nicht alles völlig unter Kontrolle hatte. Sogar an seinem ersten Arbeitstag, als sie oft in die Küche kam, um nach ihm zu sehen, zeigte sie nie Anzeichen von Stress oder angespannten Nerven. Wenn D.J. nicht privat mit ihr gesprochen und dann Jamie versichert hätte, dass es ihr gut ginge, hätte er das Lokal vielleicht für jenen Abend geschlossen, ob es ihr gefallen hätte oder nicht. Wenn er in den letzten paar Tagen auch nur das geringste Anzeichen von etwas Ungewöhnlichem gesehen hätte, wäre er erneut eingeschritten. Aber es war, als hätte er sich das Ganze nur eingebildet.

Was auch immer in ihrem hübschen kleinen Kopf vor sich ging, bei einer Sache war er sich definitiv sicher. Abbie Kane war eine erstaunliche Frau, und genau wie beim Dachboden in dem alten Gebäude, war er begierig darauf, aufzudecken, was sich hinter ihrem standhaften Auftreten und ihrer faltenfreien Uniform verbarg.

„Du meine Güte. Du hast nicht gescherzt." So weit wie Abbie sehen konnte, war der Dachboden voll mit Kisten und verschiedenen Waren.

„Ich weiß, dass hier irgendwo ein Licht ist, weil Frank es neulich angeschaltet hatte, als wir uns unterhielten." Jamie manövrierte um sie herum und benutzte die Taschenlampenfunktion seines Telefons, um den Lichtschalter zu finden.

Die altmodische Kette, die von der Lampe herunterhing, machte ein vertrautes Geräusch, als Jamie daran zog, und somit den überfüllten Raum erhellte.

„Wow." Dieser Ort wäre ein Mekka für Antiquitätenliebhaber. Sie konnte

Eastridge-Tische und viktorianische Sofas, Tische und Stühle erkennen. Dunkles Mahagoni, das im neunzehnten. Jahrhundert sehr beliebt war, war überall. „Sieh dir das an."

Jamie kicherte. „Möchtest du etwas genauer werden?"

„Diese Koffer." An der linken Wand entlang zählte Abbie mindestens zwei massive Überseekoffer, die für lange Seereisen geeignet waren. Außerdem drei oder vier kleinere Koffer. Die Art, die man heutzutage für Couchtische oder Dekoration verwendet. „Ich frage mich, ob sie verschlossen sind."

„Ich weiß es nicht, aber warte eine Minute." Jamie trat zur Seite. „Wenn du dir das ansehen willst, müssen wir zuerst einen Weg finden."

„Nein. Warte. Es ist sinnvoller, hier vorne anzufangen und uns nach hinten vorzuarbeiten."

„Das klingt nach einem Plan, für den du mich begeistern kannst." Er sah nach links und zeigte dann nach rechts. „Warum fangen wir nicht in dieser Ecke hier drüben an? Die Kartons sind aus Pappe und neuer als der Rest. Vielleicht ist es Müll, den wir wegwerfen können, um Platz zu schaffen."

Abbie nickte. „Das machen wir."

Wie vorhergesagt, enthielt die erste Kiste, die sie öffneten, nur veraltete Unterlagen, darunter fünfzig Jahre alte Kassenbücher aus dem Futtermittelgeschäft des alten Thomas.

Abbie blätterte die Seiten durch und sah Jamie an. „Wie lange gehörte Thoms dieses Gebäude?"

„Ich bin mir ziemlich sicher, dass er den Futterladen von seinem Vater geerbt hat. Ich habe keine Ahnung, wie viele Generationen vor ihm ihn geführt haben."

„Mindestens eine, laut diesen Büchern. Sollen wir Chase fragen, ob er sie will?"

„Gute Idee. Ich schreibe ihm eine Nachricht."

Die nächsten paar Kisten waren weiterer Papierkram. Einige Kassenbücher, Quittungen, Kaufverträge und andere Notizen. Alles vom Futtermittelladen des alten Thomas und alles so alt wie Dreck. Hinter ihnen stapelten sich nun mehrere offene Kartons, als Jamies Handy piepte.

Er brauchte ein paar Sekunden, um den Text zu lesen, und steckte das Telefon wieder in seine Tasche. „Chase sagte, wir sollten aus Nostalgie ein paar aufheben, aber den Rest können recyceln."

Abbie überflog den ordentlichen Stapel alter Kartons. „Glaubst du, dass die Bibliothek einige dieser Aufzeichnungen haben möchte?"

„Keine Ahnung, aber ich stimme dafür, diese Kisten Miss Marion zu geben und sie entscheiden zu lassen."

Abbie stand auf und kicherte leise. „Ich kann immer noch nicht glauben, dass Tuckers Bluff tatsächlich eine Bibliothekarin namens Marion hat." Sie beugte sich vor, um eine der Kisten aufzuheben.

Jamie trat neben sie. „Was denkst du eigentlich, was du hier machst?"

„Die mit nach unten nehmen, um sie aus dem Weg zu räumen."

„Oh nein, das tust du nicht."

„Wieso nicht?"

„Ich meine, du hast wegen mir schon einen Koch verloren, du verlierst nicht auch noch deine Oberkellnerin. Ich werde die Kisten nach unten bringen."

Abbie drückte die Box näher an sich. „Und wenn ich dich verliere, dann muss ich wieder kochen."

Mit den Hände an der Kiste, die Abbie nicht loslassen wollte, sah Jamie sie stirnrunzelnd an. „Es sieht so aus, als hätten wir eine Pattsituation."

Ohne ihren Griff zu lösen, verlagerte sie ihr Gewicht. „Also was schlägst du vor?"

„Ich schätze, wir könnten die Kisten einfach die Treppe runterwerfen."

Abbie verdrehte die Augen. „Großartig. Dann haben wir doppelt so viel Chaos zum Aufräumen."

„Okay. Was ist, wenn wir alle Kisten am Treppenrand aufstellen, ich gehe mit der ersten Kiste runter, dann kannst du mich auf halbem Weg treffen und den Rest weiterreichen?"

Ihr wurde schnell klar, dass er am Fuß der Treppe sein wollte, um sie entweder aufzufangen oder ihren Sturz abzufangen. Wie typisch Farraday. Ritterlichkeit war in West-Texas weit verbreitet und bei den Farradays vermutlich genetisch verankert. „Abgemacht."

Mit fast einem Dutzend sortierter und aus dem Weg geräumter Kisten hatten sie mehr Platz zum Umstellen und Organisieren.

„Sieht so aus, als wäre das der letzte Karton. Die hier drüben sind aus Holz." Jamie zeigte auf einige kleinere Kisten. „Unten ist ein Brecheisen. Ich bin gleich wieder da."

Abbie nickte und arbeitete sich zum ersten Koffer

in Reichweite vor. Erfreut, dass er unverschlossen war, blies sie etwas Staub von der Oberseite und hob den Deckel an. „Oh mein Gott."

Mit dem Brecheisen in der Hand kletterte Jamie von der letzten Stufe. „Was hast du gefunden?"

„Ein bisschen hiervon, ein bisschen davon." Sie durchsuchte vorsichtig den Inhalt und kam zu dem Schluss, dass dies der Koffer einer Familie gewesen war. Andenken an ein ganzes Leben. Handgehäkelte Babyschuhe. Ein Taufkleid. Eine handgemachte Steppdecke. Vielleicht ein Lieblingskleid. Eine handgeschnitzte Lokomotive, die genau dort abgenutzt war, wo ein kleiner Jungen das Spielzeug gehalten hätte. „Denkst du, diese Sachen gehörten der Familie des alten Thomas?"

Jamie hockte sich neben sie. „Ich bezweifle, dass der alte Jake das weiß. Und ich sage es nur ungern, aber ich glaube auch, dass es ihn nicht interessiert." Er befühlte den Stoff des Taufkleids, das sie ordentlich auf die anderen Sachen gelegt hatte.

„Magst du Babys?" Sie hatte nicht erwartet, dass er so … interessiert aussah.

Eine kleine handgeschnitzte Rassel an einer Seite erregte seine Aufmerksamkeit. „Tut das nicht jeder?"

„Nicht wirklich."

Vor Überraschung geweitete Augen trafen auf ihre. „Du magst keine Babys?"

„Ich liebe sie. Ich sage nur, dass das nicht jeder tut."

„Nein", er lehnte sich zurück. „Sonst bräuchten wir keine Jugendämter."

Abbie betrachtete ihn einen langen Moment und fragte sich, ob er sich ausgeschlossen fühlte, wenn er sah, wie all seine Cousins und Geschwister heirateten und Familien gründeten. „Einen Penny für deine Gedanken."

„Wenn der Stadtrat zur Vernunft kommt und das Pub Realität wird, ist Tuckers Bluff ein guter Ort, um eine Familie zu gründen."

„Denke ich auch."

„Hast du dir dich jemals mit einer Familie vorgestellt? Mit Kindern?"

„Lange Zeit nicht."

„Warum nicht?" Seine Brauen zogen sich besorgt zusammen.

Abbie zuckte mit den Schultern. Für den Bruchteil einer Sekunde überlegte sie, die Frage wahrheitsgemäß zu beantworten, aber sie brachte es nicht über sich, die Ängste zu teilen, die einst ihr Leben beherrscht hatten. Sie schloss vorsichtig den Deckel und richtete ihre Aufmerksamkeit auf die Kisten, die ein paar Meter entfernt standen. „Wir haben hier noch viel zu tun. Wir sollten mit denen weiterzumachen."

Ein unangenehm langer Moment verging, in dem Jamie sie zu intensiv musterte, bevor er nickte. Mit wenig Kraftaufwand konnte er den Deckel des ersten Holzbehälters öffnen und entfernte dann das Stroh, das als Verpackungsmaterial benutzt wurde.

„Ooh", quietschte Abbie. „Bilder."

Jamie stand hinter ihrer Schulter, während sie ein Foto nach dem anderen abstaubte und es ihm reichte.

„Hey, ist das nicht Adams Klinik?" Abbie hielt einen Rahmen hoch, damit Jamie das Bild sehen konnte.

„Ja. Damals, als es noch ein Gehöft war. Das muss ich Adam geben. Ich bin sicher, er wird es in seinem Büro aufhängen wollen."

„Oder vielleicht im Wartezimmer, damit die ganze Stadt es genießen kann."

Jamie nickte.

„Und hier ist der Futtermittelladen." Sie reichte das Bild an Jamie weiter.

„Sieht so aus, als wäre dieser Laden viel länger in der Familie gewesen, als der alte Jake dachte." Jamie nahm das Bild entgegen. Es zeigte einen älteren Mann vor dem Futtermittelladen, mit einer jüngeren Version von ihm auf der einen Seite und einem kleinen Jungen auf der anderen Seite.

„Vielleicht würde es Chase gefallen?"

„Ich bin mir sicher, dass er das tun würde." Jamie legte das Bild in die Kiste mit den Papieren für Chase.

Als sie den Boden der Kiste erreichten, hob Abbie zwei der letzten gerahmten Bilder hoch. „Oh mein Gott."

„Was?" Jamie beugte sich vor.

„Mir war nicht bewusst, dass es schon vor so langer Zeit Farbfotografie gab. Jemand war ein verdammt guter Fotograf." Sie hielt eines der Bilder hoch. „Das muss der Grand Canyon sein. Schau dir all diese Farben an. Sogar verblasst sieht es wie eine Samtdecke aus Gelb und Blau aus."

„Ich glaube", er griff nach dem Foto, „das ist der Big Bend."

„Du warst dort?"

Er nickte und gab ihr das Bild zurück. „Fantastischer Ort."

„Das würde ein wunderschönes Gemälde abgeben."

„Möchtest du es?"

„Möchte ich?" Sie blickte von dem Rahmen in ihrer Hand zu ihm auf und sah, wie er sie angrinste. „Was?"

„Dein Gesicht erhellt den ganzen Raum, wenn du wirklich glücklich bist."

Sie konnte spüren, wie Hitze in ihre Wangen strömte. „Die Bilder sind wirklich schön. Danke."

„Genau wie du."

Zeit und Raum schienen still zu stehen. Abbie war

schon vor langer Zeit aufgefallen, dass Jamie das bezaubernde Lächeln und die funkelnden hellen Augen der Farradays hatte. Aber in dieser Sekunde spürte sie die Hitze seines Blicks so intensiv, als hätte sie jemand in eine Heizdecke gewickelt. Sie wagte nicht einmal zu blinzeln, aus Angst, die Verbindung zu verlieren. Unfähig zu denken, konnte sie sich nicht vorstellen, wie lange es her war, seit sie sich so warm und geborgen gefühlt hatte. Bei den anderen Farradays fühlte sie sich zwar auch sicher, aber dieser hier brachte sie dazu, sich warm und aufgeregt zu fühlen, was sie noch bei keinem anderen Farraday getan hatte. Wenn das nicht Ärger mit einem großen Ä bedeutete.

Obwohl Jamie größtenteils schweigend arbeitete, wollte er nicht, dass seine Zeit allein mit Abbie – gut allein mit ihr und über hundert Jahren voller Geister und Geschichte – zu Ende ging. Auch wenn es bedeutete, von einem Haus voller Verwandter umgeben zu sein, hatte er nur eine Idee, um zu verhindern, dass der heutige Tag vorzeitig endete. „Es ist fast Zeit, zum Abendessen zu Adam und Meg zu gehen."

„Meine Güte." Abbie warf einen Blick auf ihr Handgelenk. Sie war eine der wenigen, die Jamie kannte, die noch eine Uhr trugen. „Mir war nicht klar, dass wir schon so lange hier oben sind."

„Und wir haben kaum Fortschritte gemacht." Er hatte nicht geahnt, was für eine lästige Pflicht es sein würde, in die Vergangenheit zu reisen.

Abbie richtete ihren Rücken auf und suchte langsam die noch unberührten Gegenstände in dem längst vergessenen Lagerbereich ab. „Ich komme gerne wieder."

Genau die Worte, die er hören wollte. „Ich würde mich über deine Hilfe freuen."

Ihre Mundwinkel hoben sich zu einem sanften Lächeln, bevor sie über den schmutzigen Boden huschte, um am Schloss eines anderen Koffers herumzufummeln. „Der letzte, bevor du gehen musst."

„Diesbezüglich." Er setzte sich neben sie. „Ich dachte, du könntest dich uns zum Abendessen anschließen."

„Oh, ich sehe so kaputt und schmutzig aus wie einige dieser Stücke."

„Dito, aber Tante Eileen wird es egal sein. Niemand wird sich beschweren." Er streifte ihre Hand, die bereits am Schloss eines anderen Koffers arbeitete. „Bitte."

Sie zögerte gerade lange genug, dass er hoffen konnte, sie würde nachgeben, aber befürchtete, sie würde bei ihrer Absage bleiben. Als sie zustimmend nickte, ließ er ihre Hand los und stoppte sich, einen Luftsprung zu machen.

Abbie war bereits in das herausfordernde Schloss vertieft und verpasste seinen Beinahe-Ausrutscher. „Dieses hier scheint verklemmt zu sein."

„Lass es mich versuchen." Er griff um sie herum, drückte gegen die verzierten Scharniere und schob sie auseinander. „Verdammt noch mal." Er riss seine Hand weg und schob schnell seinen Daumen in den Mund.

Stirnrunzelnd blickte sie in seine Richtung. „Du hast dich geschnitten?"

Er nickte, löste seinen Daumen von seinem Mund und wischte über die roten Tröpfchen.

Immer noch auf ihren Knien griff sie nach seiner Hand. Als sie sich ihm näherte, zögerte sie, und setzte sich wieder auf ihre Fersen. „Wir sollten Brooks einen Blick darauf werfen lassen."

„Es ist nur ein Kratzer." Jamie hob seinen Blick

von seinem Daumen zu Abbie und war überrascht, einen Anflug von Panik in ihren Augen zu sehen. Nicht so wie neulich, aber trotzdem nichts, was er von ihr gewohnt war. „Hey, es ist nicht schlimmer als ein Schnitt an einem Papier."

„Ja." Abbie nickte und wandte ihren Blick langsam von seinem Daumen zurück zum Koffer. „Trotzdem."

„Sieh mich an." Er wartete lange darauf, dass ihr Blick seinen traf. Während er ihren leeren Gesichtsausdruck betrachtete, sah er die Frau, mit der er die ganze Woche gearbeitet hatte, und die Seite an ihr, die er erst vor ein paar Tagen kennengelernt hatte. Irgendetwas stimmte nicht. „Willst du mir sagen, was los ist?"

Sie blinzelte ein paarmal. „Die Schlösser sind alt und rostig. Du brauchst vielleicht eine Tetanusimpfung."

„Hatte ich erst." Er strich mit der Rückseite seines Knöchels über ihre kühle Wange und senkte seine Stimme. „Willst du mir erzählen, was dir wirklich durch den Kopf geht?"

KAPITEL ACHT

Abbie befahl ihrem Mund, die Worte zu finden, während sie mit geschlossenen Augen einen tiefen Seufzer ausstieß. Zum zweiten Mal heute Abend und zum ersten Mal seit Ewigkeiten wollte sie über jene Nacht sprechen. „Das ist eine lange Geschichte."

„Ich gehe nirgendwohin." Jamie blieb ruhig und still neben ihr.

„Was ist mit dem Sonntagsessen?" Sie wusste, dass sie es hinauszögerte. Ein Teil von ihr wollte aufspringen und davonhuschen, aber ein anderer, ein größerer Teil von ihr wollte Jamie unbedingt sagen, wie verängstigend es für sie gewesen war, als dieses lächerliche Messer das mit Ketchup bedeckte Fleisch durchschnitten hatte. Mehr als alles andere war sie wütend auf sich selbst, weil sie sich von etwas so Lächerlichem zu diesem schrecklichen Moment zurückversetzen ließ.

„Ich denke, ich bin nicht sehr hungrig." Seine Stimme wurde leiser und beruhigte sie wie ein Schluck gereiften Whiskeys. „Erzähl."

„Ich weiß nicht, wo ich anfangen soll." Sie holte noch einmal tief Luft.

Jamie lächelte sie an. „Was ist deine Lieblingsfarbe?"

„Lila." Sie zwang sich, ihn anzulächeln. „Deine?"

„Was wäre ich für ein Ire, wenn meine Lieblingsfarbe nicht Kellygrün wäre?"

Diesmal fiel ihr das Lächeln leichter. Ihre Finger, die sich in ihre Handflächen drückten, lockerten sich. „Wirklich?"

Jamie nickte. „Obwohl Himmelblau knapp dahinter liegt."

„Ich mag Blau auch."

„Lieblingsessen?"

„Einfach." Ihre Schultern entspannten sich. „Hummer. Mit viel, viel Butter."

„Ah, ich stelle fest, dass da jemand vielleicht einen New-England-Hintergrund hat?"

Sie tippte sich an die Nasenspitze. „Dad kam aus New Hampshire. Ab und zu fuhren wir dorthin. Grandma machte uns am Tag unserer Ankunft immer Hummer. Das war immer der schönste Teil der Reise."

„Strand oder Berge?"

„Nicht so schnell." Sie zog ihre Beine unter sich hervor.

Jamie kicherte. „Ach komm schon. Das Herz eines Mannes geht durch seinen Magen. Also ist alles mein Lieblingsessen."

„Komm mir nicht damit." Abbie drohte ihm mit dem Finger. „Es muss eine ganz besondere Sache geben."

Jamie legte den Kopf zurück und betrachtete die mit Spinnweben bedeckten Dachsparren, als wäre darin eine Antwort versteckt. Er senkte seinen Blick, um ihr in die Augen zu sehen, streckte seinen Arm und dann seinen kleinen Finger aus. „Versprichst du, es meiner Mutter oder jameiner Tante Eileen nie zu erzählen?"

Sie legte ihren kleinen Finger zum Schwur um seinem. „Versprochen."

„Ich war einmal mit einem Mädchen aus einer italienischen Familie zusammen. Hin und wieder machte sie Bolognese von Grund auf. Das hat den ganzen Tag gedauert. Es war nicht von dieser Welt, aber als sie dann daraus auch noch Lasagne machte." Oh. Mein. Gott.„

„Grandma lebte in New Hampshire, aber sie stammte aus einem italienischen Viertel in Boston." Die Finger immer noch verschlungen, ließ sie ein strahlendes Grinsen aufblitzen. „Ich wette Grandmas Rezept ist besser als das deiner Ex."

Er schüttelte den Kopf. „Einfache Entscheidung. Ich habe Franks Lasagne gegessen."

„Das ist schön", sie zuckte mit den Schultern und zog ihre Hand weg, „aber Frank hat nicht das Rezept meiner Grandma."

„Ooh", er holte tief Luft, „ein supergeheimes Soßenrezept. Die Wette nehme ich an." Er lehnte sich gegen eine Kiste zurück und warf ihr eine weitere Frage zu. „Wie lange kennst du Frank schon?"

„Seit meinem ersten Tag als Kellnerin in Dallas. Alle haben mich gewarnt, mich von dem schroffen Ex-Marine fernzuhalten. Er bellte allen Befehle zu, als wären sie seine Rekruten."

„Aber dich hat er nicht getäuscht?"

Abbie schüttelte den Kopf. „Egal wie laut er schrie, ich konnte immer das Funkeln in seinen Augen sehen. Außer einmal."

Jamie richtete sich auf. „Der Grund, aus dem du erstarrt bist, als der Junge neulich Nacht sein Messer schwang."

„Es war nicht das Messer allein, das mich aus der Fassung gebracht hat. Ich habe viele Messer gesehen. Frank verwendet riesige, um Rind zu zerlegen. Nein, in diesem Fall kam alles zusammen. Diese spezielle Art von Jagdmesser, der Ketchup, der Saft des Burgers, das alles hätte ich aushalten können. Aber als er beim Reden mit dem tropfenden Messer unter meinem Kinn herumfuchtelte. Die Finger ihrer linken Hand zogen den Kragen ihrer Bluse von ihrem Hals weg und legten eine dünne weiße Linie frei. Dann beugte sie sich vor und verschränkte die Hände vor sich. „Da kam alles zurück."

Jamies starke Hand umfasste ihre. „Was ist passiert?"

Sie hatte Jamie bereits mehr erzählt, als sie je einer anderen Person erzählt hätte. Sie wusste, dass er nicht noch einmal fragen würde, wenn sie jetzt aufstehen und weggehen würde. Aber sie wollte nicht weggehen. Sie wollte, dass er den Teil ihres Lebens verstand, der ihre Welt verändert und ihr beinahe die Seele gestohlen hatte. „Nachdem ich ein paar Jahre im Restaurant gearbeitet hatte, kam ein neues Mädchen in unser Team. Nett. Süß. Natalie ging tagsüber aufs College und arbeitete bei uns in der Abendschicht. Ich hatte ihren Freund nur einmal getroffen, aber irgendetwas an ihm hat mich einfach irritiert. Er erinnerte mich an einen dieser Verkäufer für Wundertoniken. Außen Charm und Lächeln und innen Ungeziefer. Irgendwann veränderte sich sein Verhalten. Er kontrollierte immer öfter, wo sie hinging, was sie tat und versuchte, sie von ihren Freunden abzugrenzen, aber sie war schlau genug, nicht darauf hereinzufallen."

Jamies Daumen begann, sich über ihr Handgelenk zu bewegen, was ihr beim Sprechen etwas Tröstliches gab, auf das sie sich konzentrieren konnte.

„Als Natalie mit ihm Schluss machte", fuhr sie fort, „machte er weiter. Er rief sie zu jeder Tages- und Nachtzeit an, tauchte vor ihrer Haustür auf und beschimpfte sie vor ihren Nachbarn und allen, die zuhörten. Die Polizei konnte nichts dagegen tun, bis er den Fehler beging, sie vor Zeugen zu schlagen."

„Einstweilige Verfügung?", fragte Jamie

Abbie nickte. „So gut es uns auch getan hat. Alles spitzte sich an einem Sonntagabend zu. Natalie und ich waren die einzigen beiden Kellnerinnen, die nach Geschäftsschluss noch da waren. Frank war der Hauptkoch. Ein paar andere Jungs, eigentlich Kinder, arbeiteten mit ihm in der Küche. Die Managerin war im Büro. Wir haben uns nicht die Mühe gemacht, die Türen abzuschließen, da noch letzte Kunden anwesend waren."

Sie spürte, wie sich die Spannung in Jamies Hand verstärkte und sich ihrer eigenen anpasste.

„Es ging alles so schnell. Eben waren wir noch dabei, aufzuräumen, und im nächsten Moment stand Henry Wiggins mit einer Pistole vor uns. Es war verrückt. Er schoss in die Decke, um die Aufmerksamkeit aller auf sich zu ziehen. Carolyn, meine Managerin, kam mit ihrem Handy in der Hand aus dem Büro gerannt. Er riss die Waffe in ihre Richtung und feuerte. Ich schwöre dir, mein Herz blieb buchstäblich stehen. Sie hatte es vermutlich gerade noch rechtzeitig kommen sehen, denn sie duckte sich nach links hinter die Salatbar. Ich wusste es damals noch nicht. Aber sie hatte sofort den Notruf gewählt, als sie die Schüsse gehört hatte, und die Polizei konnte alles mithören."

„In der Küche wurde Frank sofort klar, was los war. Es brauchte nicht viel, damit ein Marine das Geräusch von Schüssen erkennt und Maßnahmen ergreift. Ich weiß nicht, ob er wusste, dass es Natalies Ex war, aber er wusste, dass wir da draußen in Schwierigkeiten waren, und schaffte das gesamte Küchenpersonal durch die Hintertür hinaus."

„Er blieb."

Es war eigentlich keine Frage, aber sie nickte trotzdem. „Henry feuerte einen weiteren Schuss auf einen der Tische ab, wodurch Glassplitter durch die Luft flogen. Er war so darauf konzentriert, Natalie und mich einzuschüchtern, dass er erst merkte, dass Frank im Gebäude war, als dieser zu einer Frau kroch, um ihr den Arm zu verbinden, da sie durch die zerbrochenen Gläser schwer verletzt worden war."

Sie atmete ein, um sich zu beruhigen, während Jamie ihre Hand drückte. Sie war so damit beschäftigt, die Geschichte erneut zu erleben, dass sie es gar nicht bemerkte, als er seine Finger mit ihren verschränkte.

„Mittlerweile war ein erster Polizist am Tatort eingetroffen." Ein nervöses Lächeln spielte mit einer Seite ihres Mundes. „D.J.. Obwohl ich damals keine Ahnung hatte, wer er war. Er entwickelte schnell eine Beziehung zu diesem Typ. Als der Vermittler für Geiselnahmen eintraf, wollte Henry aber nur noch mit D.J. reden. Dein Cousin kam ziemlich gut mit ihm zurecht, wenn man bedenkt, dass der Typ wirklich unzurechnungsfähig war. In einem Moment versuchte er sich bei Natalie und den Geiseln einzuschmeicheln und versprach, dass er niemanden verletzen würde, und dass er nur wollte, dass Natalie ihm noch eine Chance gab, sie glücklich zu machen, und im nächsten Moment war er Dr. Jekyll, der die Waffe abfeuerte und Drohungen ausstieß und Natalie beschuldigte, ihn betrogen zu haben. Dann redete D.J. mit ihm und beruhigte ihn wieder. Es war eine emotionale Achterbahnfahrt. Irgendwann fragte D.J., ob er hungrig sei, und Henry schrie: *Ich esse nichts von eurem vergiftetes Essen.* Frank meldete sich zu Wort und bot an, ihm alles zu kochen, was er wollte, und sagte, er könne zusehen und sicherstellen, dass alles essbar war. Frank bot sogar an, es vorzukosten. Anscheinend kann Essen, genau wie Musik, eine wilde Bestie beruhigen."

Jamie rückte näher und schloss die verbleibende Lücke zwischen ihnen.

„Ein paar Minuten lang dachten wir, D.J. hätte ihn endlich davon überzeugt, uns alle gehen zu lassen, aber irgendetwas ließ ihn erneut durchdrehen. Die Kugel traf Frank. Natalie schrie, und als sie versuchte, ihm zu

Hilfe zu eilen, packte Henry sie an den Haaren und sagte ihr, dass sie ihm gehöre. Er sagte, er sei der Einzige, um den sie sich kümmern müsse. Frank schüttelte den Kopf und winkte mit seinem gesunden Arm, um uns wissen zu lassen, dass es nichts Ernstes war. In mit Adrenalin angeheiztem Zorn riss Natalie sich los und schrie Henry an, dass sie nur über ihre Leiche zusammen sein würden."

Jamie zuckte zusammen und holte kurz Luft.

„Ja. Dann richtete er die Waffe direkt auf sie und drückte den Abzug. Ich hätte ihn unmöglich aufhalten können, aber ich musste es auch nicht. Nichts passierte. Ich hatte nicht mitgezählt, wie oft er geschossen hatte. Möglicherweise sind ihm die Kugeln ausgegangen. Es könnte eine Fehlzündung gewesen sein. Ich weiß bis heute nicht wie, aber obwohl Frank verwundet war, stürzte er sich in Richtung Henry. Wie eine Idiotin rannte ich direkt vor Henry, um Natalie zu erreichen. Bevor Frank in Reichweite kam, zog Henry mich an sich und drückte mir mit einem Arm die Luft aus den Lungen. Die andere Hand hielt das Jagdmesser an meinen Hals. Ich war so auf die Pistole konzentriert gewesen, dass ich das Messer vorher gar nicht bemerkt hatte."

„Oh, Abbie", flüsterte Jamie leise.

„Natalie sprang auf und flehte ihn an, das Messer fallen zu lassen. Sie stimmte zu, alles zu tun, was er wollte. Es schien ihm enorme Freude zu bereiten, ihr beim Betteln zuzusehen. Ich habe es nicht einmal gespürt, als das Messer meine Haut angeritzt hatte."

In Gedanken hob sie ihre Hand und fuhr mit einem Finger über die winzige Narbe, bevor sie sie wieder fallen ließ.

„Natalie lag auf allen Vieren am Boden und versprach dem Idioten alles, was er wollte. Frank hielt seinen verletzten Arm und versprach, dass Henry den

Tag seiner Geburt noch bereuen würde, wenn mir oder Natalie etwas zustoßen würde. Und dann brach D.J.s Stimme durch den Nebel. Die gleiche ruhige, sanfte Stimme, die die ganze Nacht mit diesem Verrückten verhandelt hatte. Beschwichtigend, beruhigend. Es half. Henry verlagerte sein Gewicht, richtete seine Aufmerksamkeit auf die Vordertür und lockerte seinen Griff. Das Nächste, was ich wusste, war, dass Schüsse durch den Raum hallten und Henrys Arm von mir abfiel. Ich war voller Blut. Seinem Blut."

„Das tut mir leid."

Blinzelnd hob Abbie ihren Blick, um Jamies anzusehen. „Ich war lange Zeit ein emotionales Wrack. Ich habe versucht, wieder zur Arbeit zu gehen, aber ich habe es nicht geschafft. Irgendwann dachte ich, dass man nach einem Sturz wieder aufs Pferd steigen muss, und habe mir in einem anderen Restaurant Arbeit gesucht. Das half auch nichts, jedes Mal, wenn jemand unerwartet auf mich zukam, der Koch mit einem Küchenmesser vor mir stand oder ein Auto eine Fehlzündung hatte, bekam ich Panik. D.J. hatte mich im Auge behalten und tat sein Bestes, um mir Normalität zu vermitteln. Wir tranken ab und zu Kaffee, bis er die Polizei von Dallas verließ und nach Hause zog. Ungefähr zu diesem Zeitpunkt gab ich die Arbeit am Abend auf und nahm einen Job in der Frühstücksschicht in einem Diner an. Dann kam eines Tages ein Mann herein der Henry so ähnlich sah, dass ich mich tatsächlich fragte, ob ich wirklich gesehen hatte, wie er getötet wurde. D.J. hat mir geholfen nicht verrückt zu werden."

„Erinnere mich daran, meinem Cousin zu danken." Jamie drückte ihre Hand. „Was ist mit Natalie passiert?"

„Sie beendete das Semester, packte ihre Tasche und zog nach Hause nach Nebraska."

„Und du hast entschieden, dass sie die richtige Idee hatte?"

„Erst an dem Tag, als D.J. anrief und mir erzählte, dass im Café hier in Tuckers Bluff eine Kellnerin gesucht würde. Ich kann mich nicht erinnern, Ja gesagt zu haben. Ich erinnere mich nicht, gepackt zu haben. Ich erinnere mich nur verschwommen daran, nach West-Texas gefahren zu sein. Erst als ich hier auf den Parkplatz fuhr, konnte ich endlich wieder atmen. Als die Cafébesitzerin mir das Zimmer im Obergeschoss zeigte, das ich nutzen konnte, bis ich mich eingelebt hatte, wusste ich, dass alles in Ordnung sein würde."

„Und Frank?"

„Im Gegensatz zu mir war die frühere Besitzerin die Köchin. Als sie beschloss, dass es an der Zeit war, in den Ruhestand zu gehen und nach Florida zog, erzählte sie mir, dass sie das Café zum Verkauf anbieten würde. Ich hatte ein bisschen Geld gespart. Es war nicht viel, aber ich machte ihr ein Angebot und bat sie, ihr den Restbetrag schuldig bleiben zu dürfen, bis ich einer Bank beweisen konnte, dass ich Gewinn machen würde. Ich rief Frank an, und der Rest ist, wie man so sagt, Geschichte."

„Und der Junge mit dem Messer hat alles zurückgebracht."

Abbie nickte. Die einzige Person, mit der sie je über diesen Tag gesprochen hatte, war D.J.. Nicht einmal Frank wagte es, das Thema anzusprechen. Seit Jahren schien das Ganze wirklich hinter ihr zu liegen. Außer an dem Tag, als Meg im Eisenwarenladen als Geisel genommen wurde, dachte Abbie nie wirklich darüber nach.

Jamie schob sich neben sie auf den Boden, legte einen Arm um sie und flüsterte ihr leise ins Ohr: „Ist das in Ordnung?"

Sie schmiegte ihren Kopf an seine Schulter und

nickte. „Sehr."

„Ich denke, wir könnten den Rest des Abends hierbleiben und die Kisten durchsuchen, oder einfach so auf dem Boden sitzen …"

„Ich kann mir schon vorstellen, wie sich diese Geschichte wie ein Lauffeuer in der ganzen Stadt verbreitet."

Er legte sanft einen Finger auf ihre Lippen. „Oder wir gehen zum Dinner zu Adam, stärken uns mit gutem Essen und gönnen uns vielleicht eines von Tonis dekadenten Desserts. Du hast die Wahl."

„Ich liebe ihre Törtchen." Ohne zu warten, wie ihr Kopf darüber dachte, traf ihr Magen mit einem lauten Knurren die endgültige Entscheidung. „Ich schätze, wir gehen zum Sonntagsessen."

Obwohl Abbie ein wenig zittrig war, konnte sie sich keinen sichereren Ort vorstellen als an Jamies Seite, abgesehen vielleicht von einer Farraday-Küche.

Nichts in seinem Leben hätte Jamie auf das vorbereiten können, was Abbie ihm gerade erzählt hatte. Solche verrückten Ereignisse passierten anderen Menschen. Leuten in den Nachrichten. Nicht den Menschen, die einem wichtig waren. Und sie war ihm wichtig. Mehr als sie wahrscheinlich sollte. Wenn sein Cousin diesen Verbrecher nicht schon vor Jahren getötet hätte, könnte sich Jamie zum ersten Mal in seinem Leben vorstellen, diesen Teufel zu jagen und ihn wie das tollwütige Tier, das er war, zur Strecke zu bringen.

Während der gesamten kurzen Fahrt zu Megs Bed-and-Breakfast ging Jamie die Geschichte nicht aus dem Kopf, die Abbie so ausführlich erzählt hatte. Nicht einmal der wohlschmeckende Geruch eines köstlichen

Abendessens, der ihm ins Gesicht wehte, als er und Abbie die Schwelle überquerten, konnte seine Gedanken ganz zurück ins Hier und Jetzt lenken. Aber Abbie hatte das hinter sich gelassen. Hatte sich eine bessere Welt geschaffen. Ja, er hatte die ganze Zeit recht gehabt, sie war tatsächlich eine verdammt tolle Frau.

„Das sieht aber gemütlich aus." Abbie unterdrückte ein Lächeln. Unter einer Decke auf dem großen Ledersofa versteckt, mit einem Buch in den Händen und Kissen, die seinen Fuß stützten, erinnerte Frank an einen Viehbaron aus der Zeit des Wilden Westens, der sich von einem Unfall auf seiner Ranch erholte.

Er klappte das Taschenbuch zu und formte mit den Lippen ein leises: „Ha, ha, ha."

„Ich stimme ihr zu." Jamie hielt eine kleine Schachtel in einem Arm und zeigte mit dem anderen Daumen auf Abbie. „Sind alle in der Küche?"

„Deine Tante und einige der Ladys lachen und kochen seit der Kirche dort. Ich denke, D.J. und Brooks sind die einzigen, die fehlen." Frank warf das Buch auf den nahegelegenen Couchtisch. „Wie läuft es bei dir im Café?"

„Großartig." Jamie lächelte so viel er konnte, nachdem er gehört hatte, was sie beide durchgemacht hatten.

Mit zusammengekniffenen Augen musterte Frank ihn einen Moment lang. „Du würdest es mir sagen, wenn es nicht so wäre?"

„Natürlich würde er das tun", antwortete Abbie, „aber das wird nicht nötig sein, denn er sorgt dafür, dass die Kunden sehr zufrieden sind."

„Hmmph", grummelte Frank und griff erneut nach dem Buch. „Pah, zufrieden."

Jamie unterdrückte ein Lächeln. „Ich werde das in die Küche stellen und die Leute wissen lassen, dass wir hier sind."

„Ich sollte mich zuerst ein wenig frisch machen." Abbie rieb ihre Hände aneinander. Seit sie den staubigen ehemaligen Futterladen verlassen hatten, hatte sie dasselbe immer wieder getan, fühlte sich aber wahrscheinlich immer noch genauso schmutzig wie er es tat.

„Dasselbe dachte ich mir auch. Lass mich Meg fragen, welche Badezimmer wir benutzen können."

Abbie nickte und wandte sich dann an Frank. Der arme Kerl hatte gehofft, inzwischen wieder auf den Beinen zu sein, aber nach einer Woche hatte Brooks die Strafe, das Bein nicht zu belasten, auf weitere sieben Tage verlängert. „Brauchst du etwas aus der Küche?"

Der Mann schaute über den Rand seines Buches hinweg auf den Stapel aus Kreuzworträtselbüchern und das leere Geschirr auf dem Couchtisch, bevor er ihr einen bösen Blick zuwarf.

„Ich schätze nicht", kicherte sie. „Pfeif einfach, wenn du deine Meinung änderst."

Er murmelte und vergrub seine Nase erneut in dem Taschenbuch.

Jamie suchte die alte Küche nach Meg ab, stellte die Kiste auf eine leeren Ecke der Ablagefläche und ging weiter um die Mitküche herum, um seiner Tante einen Kuss auf die Wange zu geben.

„Oh, gut." Seine Tante lächelte, als sie von dem Korb warmer Brötchen vor ihr aufblickte. „Wir haben uns schon darauf vorbereitet, einen Suchtrupp nach euch auszusenden."

„Du solltest sehen, was dort alles aufbewahrt wurde." Jamie griff nach einem Brötchen und Tante Eileen schlug ihm spielerisch auf die Hand.

„Verdirb dir nicht den Appetit."

„Nein, Ma'am." Das war die einzig akzeptable Antwort, die er geben durfte, seit er gelernt hatte zu sprechen.

„Ich freue mich sehr, dass du auch hier bist, Abbie.“ Tante Eileen lächelte. „Ich hatte gehofft, Jameson würde dich einladen.“

Auf der anderen Seite des Raumes schob Toni ein Blech in den Ofen. „Ihr zwei seht aus, als hättet ihr euch durch eine Kohlemine gegraben.“

„Da kann ich nicht widersprechen.“ Jamie wandte sich an Meg. „Können wir uns irgendwo waschen?“

„Sicher. Geht rauf in unsere Wohnung.“ Meg kam näher und deutete auf die staubige Kiste. „Habt ihr wenigstens etwas Tolles gefunden?“

„Wenn du so fragst“, Jamie drehte sich um und holte ein paar der Bilder heraus, die sie gefunden hatten, „ja.“

Meg wischte sich die Hände an einem Spüllappen ab und trat neben ihn, während Toni sich auf die andere Seite stellte.

Meg pfiff. „Cool.“

„Was?“ Grace warf einen Blick über Megs Schulter.

Als Adam von der hinteren Veranda hereinkam, blieb er neben seiner Frau stehen und blickte auf die Fotos, die jetzt auf der Kücheninsel ausgelegt waren. „Das ist die Klinik.“

„Laut dem Datum auf der Rückseite“, sagte Meg, „war das vor etwa hundertfünfzig Jahren.“

„Wow.“ Adam hielt das gerahmte Foto in der Hand und blickte zu seinem Cousin. „Hast du Pläne dafür?“

Jamie schüttelte den Kopf. „Es gehört ganz dir. Der alte Thomas hat kein Interesse an dem Zeug im Lager.“

„Nun“, Tante Eileen reichte Adam einen Stapel Teller, „das überrascht mich überhaupt nicht. Dieser alte Mann kümmert sich nur um seine Pferde.“

„Hauptsächlich seine Pferde.“ Finn schloss die Küchentür hinter sich. „Er hat für seinen Sohn viel aufgegeben, als es hart auf hart kam.“

„Er hat recht", fügte Jamie hinzu. „Könnte etwas damit zu tun haben, warum er nach all den Jahren bereit war, uns das Gebäude zu verkaufen."

Tante Eileen reichte auch Finn einen Stapel Geschirr. „Vielleicht, aber ich werde nicht meine Zeit damit verschwenden, es herauszufinden. Ihr zwei", sie winkte Jamie und Abbie mit dem Finger zu, „geht, wenn ihr euch noch frisch machen wollt. Das Abendessen wird in Kürze auf dem Tisch stehen."

„Ja, Ma'am." Fünf Minuten in der Küche mit seiner Familie und Jamie hatte wieder Frieden gefunden. Dies war einer der Hauptgründe, warum er ein Pub in Tuckers Bluff eröffnen wollte. Sein Blick wanderte zu Abbie, die mit offenem Haar und wiegenden Hüften den Flur entlang und nach oben ging. Jetzt gab es zwei gute Gründe, wegen denen er unbedingt in Tuckers Bluff bleiben wollte.

KAPITEL NEUN

Als Jamie und Abbie in die Küche zurückkehrten, war das gesamte Essen auf der riesigen Kücheninsel bereitgestellt, und die halbe Familie hatte bereits am Esstisch Platz genommen.

Jamie behielt Abbie im Auge und bemerkte, dass sie kaum etwas zu essen auf ihren Teller gelegt hatte. „Es wird uns nicht ausgehen. Wenn es das täte, wäre es eine Premiere."

Sie schaufelte noch ein wenig Kartoffelpüree auf den Teller und lächelte ihn an. „Ich spare mir Platz für den Nachtisch. Toni hat ein Blech mit Törtchen in den Ofen geschoben."

„Intelligente Frau." Zumindest hoffte er, dass es nur um den Nachtisch ging und nicht darum, einen weiteren Alptraum erneut zu durchleben.

„Wollt ihr euch bitte beeilen?", rief Grace aus dem anderen Raum. „Ich habe Hunger und wir haben viel zu besprechen."

Jamie rückte den Stuhl für Abbie zurecht und wünschte sich, er könnte noch viel mehr für sie tun. Nachdem alle Platz genommen hatten, sprach sein Cousin Finn eine gekürzte Version des Tischgebets. Die Tatsache, dass er dafür weder von seiner Tante noch seinem Onkel geschimpften wurde, zeigte nur, wie hungrig alle waren. Oder gespannt darauf, was Grace zu sagen hatte.

Eileen brach eines von Tonis selbstgemachten

Brötchen auf. „Wie konnte aus dieser einfachen Sache so ein Durcheinander werden?“

„Für den Rat sollte es eine einfache Entscheidung sein.“ Jamie stach auf sein Abendessen ein. „Keine harte Nuss.“

Grace nickte. „Denk daran, lieber Cousin, wir haben nicht viele Gastronomen im Stadtrat.“

„Die Fakten liegen alle schwarz auf weiß vor“, sagte Jamie. „Wir hätten den Bericht nicht klarer formulieren können.“ Gleich am nächsten Tag nach der Dringlichkeitssitzung hatten er und Grace dem Rat alle Daten seiner ersten Recherchen vorgelegt und dargelegt, warum sein Vorhaben besser zu Tuckers Bluff passte als das von Crocker. „Das Pub wird für das gesamte County einen Boom bedeuten. Nicht nur, indem wir neue Kunden für alle Geschäfte gewinnen, sondern auch, indem wir die lokalen Weine von den Bradys verkaufen und lokale Backwaren anbieten – etwas, das ich vom Hemingway's nicht erwarten würde.“

Toni winkte ihm mit einer Gabel zu. „Denk daran, wenn das Geschäft zu gut läuft, brauchst du mehr als nur mich.“

„Wird notiert.“ Er grinste die Frau seines Cousins an.

„Das Problem ist, dass einige der lautstärkeren Leute im Rat das schnelle Geld sehen.“ Grace trank einen Schluck Bier. „Das ist ziemlich gut. Was ist das nochmal?“

„Dallas Craft“, antwortete Jamie schnell. „Das ist die Brauerei, die gerade expandiert und ernsthaft darüber nachdenkt, ihr Geschäft hierher zu verlagern, wenn wir das O'Fearadaigh's eröffnen.“

„Wollen Unternehmen nicht nach Dallas ziehen, anstatt von Dallas weg?“, fragte Tante Eileen.

„Das sind vor allem Unternehmen aus Hochsteuerstaaten. Aber Dave, der Brauereibesitzer, möchte an einen weniger hektischen Ort ziehen."

„Niemand würde Tuckers Bluff jemals als hektisch bezeichnen." Abbie lächelte.

„Dallas wächst so schnell, dass manche Leute denken, es wird bald ein weiteres Los Angeles sein. Dave und seine Frau haben gerade ihr zweites Kind bekommen. Das Leben in Kleinstädten ist für sie viel attraktiver als noch vor ein paar Jahren."

Eileen schmierte Butter auf ein Brötchen, doch anstatt es sich genüsslich in den Mund zu schieben, studierte sie es. „Vielleicht müssen wir dem Rat mehr als nur einen Bericht zeigen."

„Erklär das bitte", forderte Sean seine Schwägerin auf.

„Kennen wir jemanden, der besser backt als Toni?"

Jamie schüttelte den Kopf. „Deshalb habe ich ihr meinen Erstgeborenen, versprochen, wenn sie das Brot für das Pub backt."

„Exakt." Eileen winkte ihrem Neffen mit dem Brötchen zu. „Obwohl ich mich genau an das Rezept halte und mein Sauerteigbrot köstlich schmeckt, ist es, als würde ich wieder die Küche meiner Großmutter betreten, wenn Toni es backt. Nur wir hier haben jemals Tonis Sauerteigbrot probiert."

„Oder ihre Brötchen", fügte Meg hinzu.

„Die", Abbie hielt eines hoch, „sind wirklich gut."

„Damit hast du recht." Der Familienpatriarch blickte zu Tante Eileen.

Tante Eileen verdrehte die Augen und sah dann ihren Neffen an. „Wie der zweifelnde Thomas muss auch der Stadtrat genau sehen, was er bekommt."

Zweifelnder Thomas? Als er das breite Grinsen seiner Tante betrachtete, wurde ihm plötzlich alles klar. „Oder", er lächelte sie an, „probieren."

„Wir werden den Stadtrat auf die Ranch einladen",

fuhr Tante Eileen fort, „und kochen alles auf der Speisekarte."

Zum ersten Mal seit Tagen verspürte er einen Funken Hoffnung. Er hatte seine Befürchtungen nicht laut geäußert, aber mit jedem Tag, den der Rat die Entscheidung für ihn hinauszögerte, schwand sein Traum von einem Familienpub ein bisschen mehr. Aber jetzt …

„Vielleicht hast du recht", sagte Jamie. „Zum Herzen eines Mannes geht es schließlich durch seinen Magen."

„Oh", Meg hüpfte auf ihrem Platz, „das gefällt mir." Glaubt ihr, dass es besser wäre, sie hier in der Stadt ins Bed-and-Breakfast einzuladen und vielleicht auch ein paar andere Leute miteinzubeziehen, damit auch die Bewohner einen Eindruck von der Speisekarte bekommen?„

„Das ist eine großartige Idee." Adam tätschelte das Knie seiner Frau unter dem Tisch. „Auf der Ranch wirkt es vielleicht ein bisschen so, als würden wir uns gegen den Rat zusammenschließen, aber wenn wir hier in der Stadt eine Verköstigung veranstalten, fühlen sie sich vielleicht eher wie zu Hause."

„Nun", Abbie räusperte sich, „wenn ihr neutrales Territorium sucht, könntet ihr das Café nutzen. Wir können es einen Tag für normale Gäste schließen und nur den Stadtrat und ein paar Auserwählte einladen. Auch wenn ihr hier eine tolle Küche habt, wäre eine professionelle Küche vorteilhafter."

Alle am Tisch starrten Abbie an. Ein paar Münder klafften sogar leicht auf.

Abbie blickte von links nach rechts und zuckte mit den Schultern. „Was soll ich sagen, ich bin überzeugt, dass das Pub dieser Stadt gut tun wird."

Bis jetzt war sich Jamie nicht sicher gewesen, ob er wirklich Fortschritte gemacht hatte, Abbie zu überzeugen, auch wenn er es vermutet hatte. Zu wissen, dass sie ganz sicher auf seiner Seite stand, ließ ihn wie einen Dorftrottel grinsen.

Nacheinander lächelte jedes Familienmitglied am Tisch und nickte.

„Klingt, als hätten wir einen Plan." Tante Eileen lehnte sich zurück und rieb ihre Hände aneinander.

„Einverstanden", Sean klopfte leicht mit einem Löffel auf den Tisch, „aber was wäre, wenn wir noch einen Schritt weiter gehen."

„Weiter?", fragte Jamie.

Onkel Sean nickte. „Biete Hemingway's an, zu kommen und dasselbe zu tun."

Jamie brauchte einen Moment, um die Zusammen-hänge zu verstehen. Bei dem Gedanken daran, dass der Bürgermeister und seine Kollegen Sushi und BLTs mit Auberginen anstelle von Speck essen würden, brach tiefes Gelächter aus ihm heraus. „Oh, das ist gerissen, Onkel Sean."

„Ich weiß." Der Mann lachte mit ihm.

„Aber es könnte funktionieren", fügte Meg hinzu.

„Nicht *könnte*." Tante Eileen nickte. „Im direkten Vergleich wirst du Hemingway's in die Tasche stecken."

„Vor allem", fügte Adam hinzu, „wenn die ganz Stadt kommen darf."

„Wie eine Messe?", fragte Meg.

„Oder", Eileen setzte ein Grinsen auf, das ihr Gesicht in zwei Hälften spaltete, „eine Art Kochwett-bewerb. Wir müssen größer denken als nur Stadtrat."

Jamie wandte sich an Abbie. „Bist du immer noch bereit, uns das Café bereitzustellen, wenn wir das zur Verkostung aller Verkostungen machen?"

Abbie nickte. „Wie kann ich das nicht, wenn die ganze Stadt kommt?"

„Es wird nur Stehplätze geben", sagte Grace

fröhlich. „Ich werde Crocker das Angebot unterbreiten und wenn sie mitmachen, werden wir den Vorschlag dem Rat vorlegen."

„Und wenn Crocker nicht mitspielen will?", fragte Adam.

„Dann", Jamie lehnte sich in seinen Stuhl zurück, und die Aufregung brannte erneut in ihm, „werden wir nicht die Genugtuung haben, zuzusehen, wie der Stadtrat vor Auberginenpizza zurückschreckt. Aber so oder so, werden sie keine andere Wahl haben, als uns die Schanklizenz zu erteilen, wenn wir sie verköstigt haben."

Abbie sah ihn an und zum ersten Mal seit Tagen reichte ihr Lächeln bis zu ihren Augen. Oh ja. Alles war wieder auf dem richtigen Weg.

„Bist du sicher, dass du dir das von uns antun lassen willst?" Von der Fahrerseite seines alten Pickups warf Jamie einen kurzen Blick in Abbies Richtung.

„Ihr tut mir gar nichts an." Seit sie das Café während des Abendessens im Bed-and-Breakfast zum ersten Mal freiwillig erwähnt hatte, hatte sie auf dieses beunruhigende Gefühl gewartet, das sich immer dann in ihrem Magen ausbreitete, wenn sie eine dumme Entscheidung getroffen hatte, die sie noch lange bereuen würde. Bisher war es ausgeblieben. Von dem Moment an, als sie vorgeschlagen hatte, ihre Küche bereitzustellen, hatte sie nur ein Gefühl der Genugtuung verspürt. Fast so, als gehörte ihr das Pub. Vielleicht war es eine alberne Verbundenheit, nachdem sie den Dachboden des baldigen Pubs durchstöbert hatte. Oder vielleicht hatte es etwas damit zu tun, dass sie über eine Woche lang Jamies ansteckender

Begeisterung zugehört hatte. Was auch immer der Grund war, sie wollte das unbedingt tun. Dazu beizutragen, den Stadtrat und die Stadt davon zu überzeugen, dass das O'Fearadaigh's eine gute Idee war.

Jamie bog in ihre Straße und blickte wieder in ihre Richtung. „Du bist wirklich eine verdammt tolle Frau." Seine Augen weiteten sich für einen Moment und sie hatte das Gefühl, dass er das nicht hatte sagen wollen. „Ich meine, ähm. Nun, danke. Der Stadtrat muss die ganze Sache ernster nehmen, wenn du dabei bist."

„Das bin ich. An Bord, meine ich." Seit dem Nachtisch schossen ihr unaufhörlich Ideen durch den Kopf. Sie drehte sich auf ihrem Sitz, um ihn direkt anzusehen. „Übrigens, wie nah stehst du diesem Bier-Typen, Dave hieß er, oder?"

Jamie nickte. „Ziemlich nahe. Ich kenne ihn seit der Zeit, als er angefangen hat, in allen Bars sein Produkt anzupreisen."

„Glaubst du, er würde vielleicht gerne vorbeikommen und sein Bier servieren, wenn wir ihn zu der Verköstigung in die Stadt einladen?"

Jamies Gesicht hellte sich auf und dieses träge Lächeln erschien, das einem Mädchen schwache Knie bereiten konnte, weswegen sie sehr dankbar war, dass sie bereits saß. „Ich denke, das ist eine fantastische Idee. Wir werden dem Rat und der Stadt alles zeigen, was das O'Fearadaigh's zu bieten haben wird."

„Wenn es um alles geht, musst du wirklich alles auffahren: Essen, Trinken, Ambiente."

„Ambiente?"

„Das wäre dann auch irische Musik."

Sie glaubte nicht, dass seine Augen noch heller funkeln könnten, aber sie taten es. „Daran hätte ich denken sollen."

„Ja." Sie drehte sich auf dem Sitz nach vorne, zog

am Sicherheitsgurt und unterdrückte ein neckendes Grinsen. „Das hättest du." Tief in ihrem Inneren wusste sie, dass es funktionieren würde. Der Stadtrat müsste den Verstand verloren haben, wenn er das Pub der Farradays nicht einem New-Wave-Restaurant vorziehen würde.

„Da wären wir." Jamie hielt am Bordstein an. Wie an den anderen Abenden, an denen er sie von der Arbeit nach Hause gefahren hatte, umrundete er die Motorhaube des Trucks in fast der gleichen Zeit, die sie brauchte, um ihren Sicherheitsgurt zu lösen und auf den Bürgersteig zu klettern.

„Danke." Sie hatte es aufgegeben, ihn davon zu überzeugen zu wollen, dass sie ohne Begleitung nach Hause gehen konnte. Die Routine war ziemlich normal geworden. Er würde sie zur Tür begleiten, sie würde ihm sagen, dass das nicht nötig wäre, er würde lächeln und es trotzdem tun. Dann würde sie ihm Tee oder Kaffee anbieten und er würde höflich ablehnen. Ein bekanntes Lied und ein bekannter Tanz. Das Schloss wurde geöffnet, der Knauf gedreht, die Tür leicht geöffnet. Dann drehte sie sich zu ihm um.

Er trat näher als sonst an den Rand ihrer Veranda heran. Nahe genug, dass sie die goldenen Flecken in seinen Augen sehen konnte, die im Licht der Deckenleuchte glänzten, und hielt ihr die beiden Fotos hin. „Vergiss die nicht."

Seine meergrünen Augen blieben auf sie gerichtet. Langsam hob er eine Hand und strich mit einem Finger sanft über ihre Wange, bevor er eine lose Haarsträhne hinter ihr Ohr steckte. Ihr Mund wurde trocken und ihre Handflächen wurden feucht. Es war viel zu lange her, seit sie geküsst worden war, und Jamie Farraday sah wie ein Mann aus, der kurz davor war, genau das zu tun. Sie war sich nicht sicher, ob sie sich nach vorne beugen und den Moment genießen oder sich umdrehen und davonrennen sollte. Aber diese Entscheidung wurde ihr abgenommen, als er schließlich einen einzigen Schritt zurück machte. Wieder einmal stand Jamie an seinem vorgesehenen Platz am Rand des Treppenabsatzes.

„Möchtest du auf eine Tasse Tee oder Kaffee hereinkommen? Vielleicht ein kaltes Getränk?"

Er lächelte und machte einen weiteren Schritt zurück auf den Gehweg. „Das sollte ich lieber nicht tun. Es ist spät."

„Ja." Sie stieß die Tür hinter sich ganz auf, überquerte die Schwelle und drehte sich zu ihm um. „Bis morgen."

„Bis morgen", sagte er nickend.

Wie in all den anderen Nächten, in denen er sie nach Hause gebracht hatte, sperrte sie ein einzelnes Schloss ab, lehnte sich gegen die Tür und wartete darauf, dass das Rumpeln des Trucks in der Ferne verschwand. Der Unterschied war nur, dass sie sich heute Abend mehr denn je wünschte, er wäre geblieben. Zumindest für eine Weile. Und sich vielleicht, nur vielleicht, mit der Erinnerung an einen Gute-Nacht-Kuss verabschiedet hätte.

KAPITEL ZEHN

„Erinnere mich noch einmal daran, warum ich bei diesem Vorhaben mitmache?" Sally May kletterte in einen der Pickup-Trucks der Farraday-Ranch.

„Weil", Eileen wartete etwas weniger geduldig, als sie hätte sein sollen, „Mabel Berkner weiß, dass ich etwas vorhabe, wenn ich alleine vor ihrer Haustür auftauche."

„Oh, richtig." Sally May legte den Sicherheitsgurt an und blickte dann zu ihrer Freundin auf. „Und wenn zwei von uns, die sie nie besuchen, bei ihr auftauchen, ist das überhaupt nicht verdächtig."

Eileen zuckte mit den Schultern. Vielleicht hatte Sally May recht. Aber, wenn Eileen Mabel nicht davon überzeugen konnte, einen Rückzieher zu machen und sich stärker für das zu engagieren, was gut für die Stadt war, nämlich das O'Fearadaigh's Public House, dann könnte Sally May als dritte Partei es bei der schrulligen Lady versuchen. Wenn beides nicht gelang, konnte man sich zumindest darauf verlassen, dass Sally Eileen entweder daran hinderte, die ach so arrogante Abstinenzlerin zu töten, oder ihr dabei half, die Leiche zu begraben.

„Oh, oh. Du hast diesen Lucy-Blick an dir." Sally May studierte Eileen intensiv. „Den, der Ethel immer in Schwierigkeiten bringt."

„Unsinn. Ich plane nur stillschweigend meine Rede."

„Ähm, ja." Ihre langjährige Freundin stieß einen Seufzer aus. „Okay, wie lautet die Strategie und was ist meine Rolle?"

„An diesem Teil arbeite ich noch."

„Was?" Sally May drehte sich zu ihr um.

„Nun, ich habe noch nicht die richtige Herangehensweise gefunden. Etwas, das sie dazu bringt, zumindest nicht gegen uns zu arbeiten, sollte sie Jamison doch nicht unterstützen."

„Wir könnten den kalifornischen Hippie-Liberalismus einwerfen."

„Ist der Sitz von Hemingway's in Kalifornien? Und gibt es da noch Hippies?"

„Keine Ahnung, aber ich vermute, sie weiß es auch nicht. Diese Frau könnte einen konservativen Rechten als regelrechten Kommunisten erscheinen lassen. Du musst wissen, dass sie nichts mag, was auch nur annähernd nach Sojasprossen oder Tofu oder freier Liebe oder legalem Marihuana klingt."

„Ja, nun ja, ich bin mir ziemlich sicher, dass freie Liebe und legales Gras bei Hemingway's nicht auf der Speisekarte stehen werden."

Sally May blickte über den Rand ihrer Sonnenbrille. „Und Sojasprossen?"

„Vielleicht." Eileen wünschte, sie hätte sich Zeit genommen, um mehr über Hemingway's zu erfahren, bevor sie sich auf den Weg zu Mabel machte. „Jamie erwähnt Auberginen sehr oft."

„Oh, mit Parmesan überbackene Auberginen sind wirklich gut."

„Ich glaube nicht, dass sie italienisch kochen. Ich bin mir ziemlich sicher, dass Jamie es in Bezug auf einem Hamburger erwähnt hat, oder war es ein Club-Sandwich?"

Sally Mays Gesicht verzog sich vor Entsetzen. „So oder so, ihh."

„Siehst du. Deshalb ist diese Verkostung eine so tolle Idee. Solange Hemingway's keine Rib-Eye-Steaks und Ofenkartoffeln macht, sind wir auf der Gewinnerstraße."

„Warum brauchen wir dann Mabel an Bord?"

„Weil ich lieber schon über der Ziellinie wäre."

Sally May verdrehte die Augen und schüttelte den Kopf.

Mabel Berkner wohnte auf der anderen Seite der Stadt, etwa zwanzig Minuten hinter dem alten Golfplatz. Die Frau war nie verheiratet gewesen und hatte, soweit irgendjemand wusste, nur einen einzigen Neffen, den Sohn ihrer Schwester Lilly. Nicht die hellste Glühbirne im Kronleuchter.

Als Eileen in die lange, schmale Auffahrt einbog, die zu dem Haus führte, das seit Generationen Mabels Familie gehörte, hatten sie und Sally May immer noch keinen konkreten Plan.

„Das ist absolut verrückt." Sally May kletterte murmelnd aus dem Truck. „Das wird nie funktionieren."

„Oh, psst." Eileen schlug die Fahrertür zu. Tief in ihrem Inneren befürchtete sie, dass ihre Freundin recht hatte, aber das war das Letzte, was sie zugeben wollte. Für die Farradays hing von der bevorstehenden Verkostung viel ab. Dieses verrückte Vorhaben musste funktionieren. Das musste es einfach.

In der Sekunde, in der Eileens Fuß den Boden berührte, traf sie das Geräusch bellender Hunde. Als sie sich umsah, stellte sie erfreut fest, dass die beiden wie Wachhunde auf einem Schrottplatz knurrenden Tiere in einem Zwinger eingesperrt waren.

„Ich möchte keinem der beiden in der Nacht in einer dunklen Gasse über den Weg laufen." Sally May blickte stirnrunzelnd auf die knurrenden Tiere. „Wenn ich aufgrund dieses Hausbesuchs mit einem Hintern voller Schrot zurückkomme, wirst du dafür bezahlen."

„Unsinn."

Kaum hatten die Worte Eileens Mund verlassen, öffnete sich knarrend die Eingangstür des Berkner-Hauses. Eileen erwartete fast, mit dem unfreundlichen Ende einer Schrotflinte begrüßt würde. Aber Erleichterung überkam sie, als sie Mabel sah, die vorsichtig lächelte.

„Seit wann macht ihr beide Nachmittagsbesuche?"

Nachmittagsbesuche? Diese Frau lebte wirklich im letzten Jahrhundert. Herrenbesuche und gesellige Nachmittagsbesuche waren ebenso wie Prohibition und Frauenrechtlerinnen längst aus der Mode gekommen. „Ich denke darüber nach, dass es an der Zeit ist, die Küche im Ranchhaus zu erneuern, und Sister meinte, dass du deine Küche kürzlich renoviert hast. Ich dachte, du wärst vielleicht bereit, mir zu zeigen, was du gemacht hast."

„Küche?" Mabels Gesichtsausdruck geriet kurz ins Wanken. „Das war vor fast fünf Jahren."

„Dann ist es wirklich an der Zeit, dass wir sie uns ansehen." Sally May blieb neben Eileen stehen. „Ich habe gehört, dass sie einem das Wasser im Mund zusammenlaufen lassen kann."

In Zeiten wie diesen zahlte es sich wirklich aus, gewiefte Freundinnen zu haben, die aufgeweckt waren und lügen konnten, bis sich die Balken bogen. Die Ausrede mit der Küche war ziemlich lahm. Wenn Eileen darüber nachgedacht hätte, wäre ihr klar gewesen, dass es schon Jahre her war, seit die Schwestern erwähnt haben, dass Mabel eine Stange Geld für eine schicke neue Küche ausgegeben hatte. Was für alle keinen Sinn ergeben hatte, da sie sich ziemlich sicher waren, dass Mabel nicht gern kochte.

„Die Schwestern konnten nicht aufhören, darüber zu reden." Dies war der Teil, bei dem Eileen hoffte, dass Sister und Sissy den Küchenumbau tatsächlich gesehen hatten. Dem strahlenden Lächeln auf Mabels Gesicht nach zu urteilen, war sich Eileen ziemlich sicher, dass Mabel ihre Geschichte geschluckt hatte.

„Ich fürchte, das Haus ist ein bisschen unordentlich." Immer noch grinsend schob Mabel ein paar große Kisten beiseite, die im Flur gestapelt waren. In der Küche standen weitere Kisten an der Innenwand.

„Gehst du irgendwo hin?" Sally May blickte stirnrunzelnd auf eine offene Kiste.

Mabel nahm zwei Einmachgläser von der Kücheninsel und stellte sie in die obere Box, schloss schnell den Deckel und drehte sich um. „Ich dachte, ich versuche es noch einmal mit dem Einmachen von Gemüse und verwende dieses Mal das Rezept meiner Urgroßmutter."

Eileen nickte. Da der Großteil der Familie ausgezogen war und alleine für sich sorgte, war Eileens Gemüsegarten nur noch einen Bruchteil so groß wie zu der Zeit, als die Kinder aufwuchsen. Dennoch hatte sie immer noch genug Konserven in der Speisekammer, um die Apokalypse zu überleben.

„Wie ihr sehen könnt", Mabel deutete mit einer Armbewegung von einer Seite der Küche auf die andere, „ist das nicht mehr die Küche meiner Großmutter."

Das ließ sich nicht leugnen. Elegante Schränke aus der Mitte des Jahrhunderts, eventuell skandinavisch, säumten drei Wände. Atemberaubende Arbeitsplatten aus Mineralwerkstoff machten diesen Ort zum Traum einer jeden Bäckerin. Eileen war keine Expertin für Haushaltsgeräte, aber jeder Dummkopf konnte erkennen, dass das riesige Edelstahlsortiment Profiqualität hatte und dass der doppeltürige Einbaukühlschrank mit Kühl- und Gefrierteil eines dieser wahnsinnig teuren Sondermodelle war.

„Für einen solchen Kühlschrank würde ich töten." Eileen öffnete das Gerät und spähte hinein. Sie hatte einen dieser französischen Kühlschränke, die ihr viel Platz boten, aber nie genug.

Mabel klopfte auf die Gefrierschrankseite. „Ich kann mir nicht vorstellen, meinen Gefrierschrank wieder im Badezimmer zu haben."

Sowohl Eileen als auch Sally May bewegten sich staunend durch die Küche und streichelten liebevoll die Marmorarbeitsplatten und maßgefertigten Schränke.

„Sieh dir das an?" Sally May betrachtete die Schrankgriffe. „Wenn das nicht die süßesten Griffe der Welt sind. Gabeln und Löffel, ich liebe es."

Mabel strahlte, als hätte ihr gerade jemand erzählt, dass sie einen internationalen Schönheitswettbewerb gewonnen hatte. „Das war meine Idee. Ich habe sie online gefunden und wusste, dass sie perfekt für das kleine bisschen Country-Feeling sein würden."

Kleines bisschen gab es treffend wieder, denn nichts anderes an dieser Küche ließ auf Country schließen. Eileen wusste, dass es der Familie Berkner schon immer gut ging, aber wie wohlhabend sie waren, war ihr bis jetzt nicht bewusst gewesen. Sie war keine Bauunternehmerin, aber sie wusste genug über die Kosten für eine Küchenrenovierung, um zu wissen, dass diese Küche Mabel das gekostet haben musste, was manche jungen Leute in dieser Gegend für ein kleines Haus zahlten.

„Ich war unentschlossen, ob Quarz und Marmor." Mabel strich mit der Hand über die Carrara-Arbeitsflächen. „Aber am Ende sah der Marmor einfach zu hübsch aus."

„Das tut er." Sally May zog einen der Hocker unter der Mücheninsel hervor und nahm Platz. „In diesem Prachtstück könnte ich wirklich super backen."

Eileen ließ eine geballte Hand an eine Hüfte fallen.

„Wann hast du das letzte Mal gebacken?"

„Ich weiß es nicht, aber bei so einer Arbeitsfläche fange ich gerne wieder an."

Die drei Frauen lachten. Wahrscheinlich war es für Eileen das erste Mal, dass Mabel Berkner nicht aussah, als hätte sie an einer Zitrone gelutscht.

„Soll ich eine Kanne Tee aufsetzen, oder wollen mir die Ladys einfach sagen, warum sie wirklich hier sind?"

Eileen warf Sally May einen verstohlenen Blick zu, bevor sie sich auf Mabel konzentrierte. „Ich wollte diese Küche unbedingt sehen. Ich habe keine Ahnung, wie alt die Ranchküche ist, aber älter als ich ist eine gute Vermutung."

„Und …?" Mabel nahm lächelnd Platz, schüttelte aber den Kopf. „Wenn ihr glaubt, ihr könntet mir schmeicheln, damit ich nicht gegen das neue Gesetzt bezüglich der Schanklizenzen protestiere, wird das nicht funktionieren."

„Wie viel weißt du über das Lokal, das Jamison und die Familie eröffnen wollen?"

„Ich muss die Details nicht kennen, um zu wissen, dass sich diese Stadt in einem trockenen County sehr gut geschlagen hat. Bei uns gibt es kaum Betrunkene und ordnungswidriges Verhalten. Wir haben keine Probleme mit Teenagern, die sich auf irgendeinem Feld betrinken. Die Tatsache, dass wir für ein Sixpack Bier den ganzen Weg nach Butler Springs fahren mussten, geschweige denn für eine Flasche Whiskey, hat dafür gesorgt, dass unsere Stadt schön und friedlich bleibt. So, wie wir sie mögen."

„Es ist ja nicht so, dass Jamie jedem Teenager in der Stadt Whisky servieren wird." Eileen warf die Arme hoch.

Sally May hob einen Finger. „Und es ist ja auch nicht so, dass man hier in der Gegend keinen schwarzgebrannten Schnaps bekommt."

„Wir hatten noch nie ein Problem mit Teenagern, die mit Fusel feiern."

„Soweit wir wissen."

„Im Ernst, Eileen", sagte Mabel. „Glaubst du nicht, dass dein Neffe, der Polizeichef, etwas sagen würde, wenn wir ein Problem damit hätten, dass sich unsere Teenager auf den Rücksitzen ihrer Autos oder auf leeren Feldern betrinken, so wie es die Teenager in Großstädten machen?"

„Da stimme ich dir zu." Eileen nickte. „Wir haben kein Problem mit Trunkenheit, und die Öffnung des Pubs wird daran nichts ändern."

„Das ist ein schmaler Grat. Ein Lokal öffnet seine Pforten, dann noch eins und dann noch eins, und bevor man sich versieht, kann jeder in einem Lebensmittelgeschäft oder an einer Tankstelle Spirituosen kaufen. Irgendwann könnte es in dieser Stadt mehr Orte geben, an denen man Alkohol kaufen kann als Kaffee."

Eileen stand auf. „Mabel, du übertreibst. Diese Stadt wird sich nicht wegen nur eines Irish Pubs in einen Sündenpfuhl verwandeln und der Stadtrat wird auch nur eine Schanklizenz ausstellen."

„Eine?" Die alte Dame sah wirklich überrascht aus.

Eileen nickte. „Eine. Und Hemingway's kämpft furchtbar hart dafür, dass es ihr Establishment ist, das sie bekommt."

„Und wie wirkt sich das auf mich aus?" Der mürrische Ausdruck war auf Mabels Gesicht zurückgekehrt.

„Zumindest würde das O'Fearadaigh's auf die seinen aufpassen. Diese Stadt liegt uns genauso am Herzen wie dir. Und diesem herzlosen Unternehmen von der Westküste geht es nur um ihren Gewinn."

Mabels Blick wurde schmaler. Eileen konnte nicht sagen, ob die Frau kurz davor war, zuzustimmen oder nicht, oder ob sie sich darauf vorbereitete, weiter zu protestieren oder nachzugeben.

„Wir wissen", fuhr Eileen fort, „dass das Pub Wein vom Weingut der Bradys, lokale Backwaren und lokales Rindfleisch servieren würde. Und Jamie arbeitet wirklich hart daran, eine Craft-Beer-Firma dazu zu bringen, ihren Betrieb hierher zu verlegen. Ich muss dir nicht sagen, wie viel es einer Stadt bringen würde, wenn eine Handvoll neuer Familien in unser Schulsystem aufgenommen werden, in unseren Geschäften einkaufen, unsere leerstehenden Immobilien kaufen und diese auf Vordermann bringen."

Mabel starrte sie weiterhin schweigend an. Ihre Lippen waren zu einem schmalen Strich zusammengepresst. Eileen gefiel dieser Blick nicht. Vielleicht war, hierher zu kommen, keine so gute Idee gewesen, wie sie anfänglich gedacht hatte. Vielleicht hatte Sally May recht und es war nicht möglich, diese alte Nörglerin davon zu überzeugen, ihre antiquierte Denkweise zu ändern.

„Nun", Eileen stand auf. „Ich habe meinen Teil gesagt und hoffe, dass du in Erwägung ziehst, für diese Stadt mit den Farradays zusammenzuarbeiten. Aber so oder so werden wir weiter für dieses Pub zu kämpfen, und zwar hart. Wir können jede Menge Leute aus dem ganzen County nach Tuckers Bluff bringen. Und mehr Leute sind gut fürs Geschäft."

Sally May stieß sich von der Theke ab und nickte Mabel zu. „Ich weiß, wie du dich fühlst, Mabel, aber wir können nicht verhindern, dass sich die Welt verändert."

Der saure Ausdruck auf Mabels Gesicht blieb bestehen. Wortlos begleitete sie ihre beiden Gäste zur Haustür.

„Danke, dass wir uns die Küche ansehen durften." Eileen drehte sich auf der Veranda zu Mabel um. „Sie ist wirklich genauso schön, wie die Schwestern gesagt haben."

Der Anflug eines Lächelns erschien auf einer Seite von Mabels Gesicht. „Vielen Dank, Ladys."

Einen Meter von der Veranda entfernt bemerkte Eileen den kleinen Gemüsegarten zu ihrer Rechten. Sie warf einen Blick über die Schulter auf Mabel, die immer noch in der offenen Tür stand, zeigte auf das Gemüse und rief: „Vielleicht möchtest du dort ein paar Ringelblumen pflanzen. Das wird das Schädlingsproblem, das du hier hast, stoppen."

Mabel richtete ihre Aufmerksamkeit auf die traurig aussehenden Beete im Vorgarten und dann zurück auf Eileen. „Werde ich. Danke schön."

Erst als der Motor ansprang und sie wieder auf die Straße bogen, schloss Mabel die Tür.

„Das ist aber gut gelaufen." Sally May zwang sich zu einem Lächeln. „Wenigstens hast du mich nicht gezwungen, sie an einen Stuhl zu fesseln oder sie im Schrank einzusperren, bis alle Entscheidungen vorüber sind."

„Oh, um Himmels willen. Übertreib doch nicht so." Eileen bog auf die Hauptstraße in Richtung Stadt.

„Ich sage dir noch etwas anderes: So gut diese Frau auch darin ist, uns Ärger zu bereiten, so schlecht wird sie darin sein, Gemüse einzumachen. Wenn es dieser Frau gelingt, Lebensmittel für eine Woche einzulagern, tanze ich nackt die Main Street entlang."

„Oh, verdammt, nein. Ich gehe besser zu Mabel und helfe ihr, den Gemüsegarten in Ordnung zu bringen."

„Dieses mickrige Ding? Die Frau hat keine Ahnung, was sie tut."

Die beiden Frauen lachten laut. Die Wahrheit war, dass sie beide für Frauen ihres Alters ziemlich gut in Schuss waren. Keine von ihnen hatte noch die schlanke

Figur aus ihren Zwanzigern, aber die Arbeit auf einer Ranch hatte sie die meiste Zeit ihres Lebens in guter Verfassung gehalten.

„Glaubst du wirklich, dass es einen großen Unterschied machen würde, Mabel auf unserer Seite zu haben?", fragte Sally May.

Eileen warf einen letzten Blick auf das in der Ferne verschwindende Berkner-Haus. „Ich weiß es ehrlich gesagt nicht. Aber wenn es darum geht, zu protestieren, darf man die Frau nicht unterschätzen."

KAPITEL ELF

Fast eine ganze Woche später hatte Jamie das Gefühl, dass er den Dreh raushatte, wenn es darum ging, eine Küche zu leiten. Er hatte niemandem eine Verletzung gewünscht, aber Franks Fuß erwies sich für Jamie als eine ziemlich gute Lektion. Leider war es nicht einfach, einen Sicherheitsabstand zu Abbie einzuhalten. So sehr er Frank auch bewunderte, je mehr er über Abbie erfuhr, desto erstaunlicher wurde sie für ihn. Auf den kurzen Fahrten zu ihrem Haus hatte er erfahren, dass sie ein Einzelkind war, das vor fast einem Jahrzehnt seine Eltern verloren hatte. Dass sie es liebte, Menschen zu helfen, Blaubeerkuchen zu essen und dass sie Blumen lieber malte, da ihr der grüne Daumen fehlte. Am ersten Abend, als er sie nach Hause gefahren hatte, hatte er die Einladung zu einer abendlichen Tasse Kaffee aus purem Respekt vor ihrer Müdigkeit abgelehnt. In der zweiten Woche hatte er einfach Nein gesagt, weil das Verlangen Ja zu sagen zu groß gewesen war.

Er knotete den schwarzen Müllsack zu und öffnete die Hintertür. Kaum hatte er zwei Schritte nach draußen gemacht, tauchte hinter den Mülltonnen ein vertrauter verschwommener Fleck auf, der auf ihn zuschoss.

Jamie ließ den Sack auf den Boden fallen und ging in die Hocke, als der Welpe auf ihn zusprang, was ihn auf seinen Hintern beförderte. „Du musst wirklich aufhören, den Leuten so etwas anzutun", lachte er und kraulte den Hund hinter den Ohren.

Ohne auf Jamies Ermahnung zu achten, leckte der quirlige Plüschball fröhlich über sein Gesicht.

„Okay, okay, beruhige dich." Jamie bewegte sich, um den Hund besser festhalten zu können. „Ich würde wirklich gerne wissen, wem du gehörst. Und warum derjenige dich immer wieder rauslässt."

Der Welpe bellte einmal als Antwort.

Der Klang von Jamies Namen drang durch die offene Tür.

„Ich bin hier draußen."

Abbie stand in der Tür. Das Licht hinter ihr umgab sie wie ein Heiligenschein. „Was ist das?"

„Wir haben Gesellschaft." Jamie brach in Gelächter aus.

Da er kein Interesse mehr an Jamie hatte, huschte der Welpe zu Abbie hinüber.

„Bist du nicht bezaubernd?" Sie ging in die Hocke, kraulte den Hund mit einer Hand unter dem Kinn und rieb mit der anderen seinen Rücken. „Wem gehörst du denn?"

„Ich habe ihn gerade das Gleiche gefragt. Wer auch immer es ist, sollte ihn wirklich nicht alleine rauslassen, weil er sonst nur noch mehr Ärger macht."

Abbie wandte ihren Blick von dem Hund ab und konzentrierte sich auf Jamie. „Mehr Ärger?"

Jamie nickte. „Bei all der Aufregung und Besorgnis nach Franks Verletzung habe ich vielleicht nicht erwähnt, dass dieser kleine Kerl der Grund dafür war, dass Frank von der Leiter gestürzt ist."

Mit sanfter, tiefer und süßer Stimme hob Abbie die Nase des Hundes an ihr Gesicht. „Ich sollte wirklich sehr sauer auf dich sein, weil du meinem Koch etwas angetan hast. Aber du bist zu bezaubernd, um wütend zu sein."

Als Reaktion darauf leckte der Welpe sie vom Kinn bis zur Nase ab.

„Okay." Abbie hustete und rieb sich den Mund. „Du bist doch nicht so bezaubernd."

Auch mit ihrem verzerrten Gesicht sah Abbie für Jamie absolut bezaubernd aus. „Glaubst du, er ist ein Streuner? Vielleicht hat Frank ihn gefüttert?"

„Das bezweifle ich. Frank hätte wahrscheinlich etwas gesagt, als er von der Leiter gefallen ist." Abbie fuhr fort, den Welpen zu kraulen und zu streicheln. Er saß jetzt vollkommen still da und seine Augen wurden glasig vor Freude.

Glückspilz, dachte Jamie. Und *das* war der Grund, warum er das Angebot für einen spätabendlichen Kaffee noch nicht angenommen hatte.

Abbie blickte von dem Welpen zu Jamie. „Ich muss Frank fragen, ob er bemerkt hat, dass jemand an die Abfälle geht."

„Seit ich in der Küche arbeite, ist nichts Außergewöhnliches passiert. Heute sehe ich ihn hier zum ersten Mal. Ich hatte einfach angenommen, dass er nach Hause zu seinen Besitzern gegangen und nicht wieder ausgebüxt ist."

„Nun, er sieht nicht so aus, als wäre er sehr hungrig. Ich weiß, dass er kein Halsband trägt, aber vielleicht hat er einen Chip."

„Das ist eine großartige Idee. Wir können ihn zu Adam bringen, um nach einem Chip zu suchen. Wenn wir herausfinden, wer der Besitzer ist, können wir ihm mitteilen, dass der Welpe immer wieder Unfug treibt."

„Das ist nicht wahr." Abbie hob die Nase des Welpen erneut an ihr Gesicht, aber nicht so nah wie beim letzten Mal. „Du machst keinen Unfug."

„Babys und Welpen." Jamie verdrehte die Augen zum Nachthimmel.

Abbie konzentrierte sich weiterhin auf den weichen

Flaumball. „Was ist mit denen?"

„Sie können nichts falsch machen." Er lachte und kraulte den Welpen am anderen Ohr. Er würde ihr auf keinen Fall sagen, dass es auf der Ranch nur eines süßen Babys bedurfte, um all seine Cousins in alberne, Babysprache redende Schwachköpfe zu verwandeln. „Sind wir für heute Abend fertig?"

Abbie stand auf und nickte. „Der letzte Kunde ist gerade gegangen. Grace und ihr Mann sind drinnen. Sie hat von Crocker gehört."

„Zu so später Stunde?"

„Ich schätze, in Kalifornien ist es noch nicht zu spät, um zu arbeiten."

Jamie lehnte sich zur Seite und blickte über ihre Schulter in die Küche. „Gut oder schlecht?"

„Sie hat nichts gesagt."

„Dann lasst uns das hinter uns bringen." Jamie blickte auf seine Füße, erst nach links, dann nach rechts. „Wo ist er hin?"

Abbie drehte sich um ganze dreihundertsechzig Grad. „Ich sehe ihn nicht."

„Er muss hier irgendwo sein." Er schnappte sich den Müllsack, trug ihn zu den Mülltonnen und sah sich bei jedem Schritt um, in der Hoffnung den Hund zu entdecken. „Ein echter Houdini."

Abbie entfernte sich ein paar Meter von der Tür, blickte die Gasse hinauf und hinab und schüttelte den Kopf. „Keine Spur von ihm."

„Ich würde wirklich gerne wissen, wem dieser Hund gehört, aber ich muss mich im Moment um wichtigere Dinge kümmern." Er ließ seine Hand auf Abbies Rücken fallen, schob sie hinein und durch die Küche, und stieß die Doppeltür auf.

Abbie trat zur Seite. „Ich räume fertig auf."

„Oh nein." Jamie schüttelte den Kopf. „Du bist jetzt genauso ein Teil davon wie ich. Wir werden uns beide anhören, was Grace zu sagen hat.“

Abbie zögerte einen kurzen Moment, bevor sie nickte. Er legte seine Hand wieder auf ihren Rücken und ging mit ihr zu der Nische, wo Grace und ihr Mann warteten. Er mochte das Gefühl von Abbie unter seinen Fingerspitzen. Die Wärme so dicht neben ihm. Ja, er mochte dieses Gefühl definitiv. Vielleicht ein bisschen zu sehr.

„Es ist offiziell, wir haben’s geschafft.“ Grace sprang praktisch von ihrem Sitz auf.

Abbie wünschte, sie hätten sich für einen Tisch und nicht für eine Sitznische entschieden. Sie war sich nicht sicher, ob es besonders klug war, so nah bei Jamie zu sitzen. Sie vermisste bereits die Wärme seiner sanften Berührung. Wie lächerlich war das? Aber sie hatte keine andere Wahl und setzte sich Grace und ihrem Mann gegenüber.

„Redest du von der Zustimmung des Rates oder von Crocker?“ Jamie nahm neben Abbie Platz.

Grace legte beide Hände flach vor sich auf den Tisch. „Ich meine, die Verkostung ist offiziell. Nicht nur der Stadtrat hat der Idee zugestimmt, auch Crocker hat sich bereit erklärt, daran teilzunehmen.“

„Wer hätte das gedacht.“ Jamie zuckte halbherzig mit der Schulter. „Ich war mir nicht sicher, ob sie auf den Vorschlag eingehen würden.“

„Nun“, Grace rieb begeistert ihre Hände. „Vielleicht habe ich angedeutet, dass die Teilnahme der einzige Weg wäre, die Schanklizenz zu erhalten.“

„Das hast du nicht getan?“ Abbie wollte nicht darüber nachdenken, wie viel Ärger sie bekommen würden, wenn die Wahrheit ans Licht käme.

„Habe ich auch nicht." Lächelnd lehnte sich Grace zurück. „Ich habe meine Worte nur sorgfältig ausgewählt. Es ist nicht meine Schuld, wenn sie diese Worte falsch interpretiert haben."

Sowohl Chase als auch Jamie bellten vor Lachen.

„Mit dir macht das Leben auf jeden Fall Spaß." Chase drückte die Hand seiner Frau und gab ihr einen kurzen Kuss auf die Lippen.

„Also", Grace richtete ihre Frage an Jamie, „wer wird für das O'Fearadaigh's kochen?"

„Das wäre wohl ich." Jamie zeigte mit dem Daumen auf sich.

Abbie schüttelte den Kopf. „Ich weiß, das geht mich nichts an –"

„Natürlich geht dich das etwas an", unterbrach Jamie.

„Obwohl ich zustimmen muss, dass hier für mich auch etwas auf dem Spiel steht. Wie ihr das organisieren wollt, liegt ganz bei eurer Familie, aber ich denke, das Kochen sollte nicht von dir übernommen werden. Deine Aufgabe sollte es sein, die Stadtbewohner für dich zu gewinnen, den Stadtrat zu umgarnen und einfach ein Farraday zu sein."

„Hast du keinen Koch in Aussicht?", fragte Chase.

„Ich hatte einen in Aussicht. Aber die Dinge haben sich ein wenig geändert und Brad konnte ein anderes Angebot nicht ablehnen."

Grace presste in einem Moment des Nachdenkens ihre Lippen aufeinander. „Das wird ein Familienunternehmen sein. Da macht es nur Sinn, die Familie miteinzubeziehen, zumindest beim Kochen für den Wettbewerb. Hast du wenigstens eine Speisekarte?"

„Absolut." Jamie nickte. „Bis hin zu Moms Irish Stew."

Grace' Augen weiteten sich. „Sie hat dir das Rezept verraten?"

„Anscheinend haben sie und Tante Eileen Kontakt zu allen unseren entfernten Verwandten von hier bis zur Grünen Insel aufgenommen, um Rezepte zu sammeln.“

Abbie hielt sich die Hand vor den Mund und tat ihr Bestes, ein Lächeln zu unterdrücken. Wie sie diese Frau liebte. Wenn sie sich nur eine Person auf dieser Welt aussuchen könnte, die in allen Lebenslagen hinter ihr stand, wäre es Tante Eileen. So sehr sie D.J. auch liebte und ihm vertraute, ihre Wahl würde zweifellos auf seine Tante fallen.

„Gut. Wir machen es wie die Food-Festivals in den größeren Städten, nur dass alles kostenlos ist. Die Gäste können ein wenig hiervon und ein wenig davon probieren.“

„Vorspeise, Hauptgericht, Nachtisch.“ Jamie nickte, das Lächeln in seinen Mundwinkeln wurde langsam immer größer. „Wir werden mit Crocker den Boden aufwischen.“

„Was ist mit Getränken?“, fragte Abbie. „Gibt es eine Möglichkeit, eine Sondergenehmigung für den Ausschank bekommen?“

Grace nickte. „Ja. Ich kann nicht glauben, dass ich vergessen habe, es zu erwähnen. Jedem Unternehmen wird eine einmalige Tagesgenehmigung für den Ausschank von Spirituosen erteilt.

Abbie drehte sich zu Jamie und hätte nicht überrascht sein sollen, dass er sie bereits lächelnd und nickend ansah. Er musste kein Wort sagen; sie wusste bereits, was er dachte. Der nächste Anruf, den er tätigte, würde bei der Brauerei in Dallas eingehen.

Zwanzig Minuten später, im künftigen Farraday-Pub, lagen die endgültigen Baupläne auf einem provisorischen Tisch aus Sperrholz und Sägeböcken, während Abbie Jamies Gespräch lauschte.

„Ähm, das stimmt, zwei Wochen.“ Jamie richtete

sich auf und wandte seine Aufmerksamkeit von den Bauplänen zur Werkzeugwand auf der anderen Seite des Raumes. „Gut, gut. Wir würden uns freuen, dich bei uns zu haben. Ich weiß es zu schätzen, dass du dich sofort daran machst." Während er nickte und das Telefon an ein Ohr hielt, wurde Jamies Grinsen breiter. Sein linker Arm stieß lässig gegen sie und seine Finger schlängelten sich durch ihre und er drückte ihre Hand.

Aufgeregt über das Funkeln in seinen Augen, als er weiterhin mit dem Kopf wackelte, brauchte Abbie einen Moment, um zu bemerken, dass Jamie ihre Hand nicht losgelassen hatte. Das schwindelerregende Gefühl, dass ein Mädchen bekam, wenn es die Aufmerksamkeit des gutaussehenden, netten Kerls auf dem Campus auf sich zog, überkam sie unerwartet.

„Klingt perfekt. Dann sehen wir uns morgen." Nachdem das Gespräch beendet war, ließ Jamie ihre Hand los, sperrte sein Handy, und steckte es in die Tasche, bevor er sich zu ihr umdrehte. „Dave und seine Frau werden morgen hierherkommen. Sie werden sich die Stadt, das Café und das Pub ansehen. Das heißt, was davon schon zu erkennen ist."

Ein Hauch von Enttäuschung trübte für einen Moment ihre gute Laune. Jamie gab keinen Hinweis darauf, dass das Halten ihrer Hand mehr als ein enthusiastischer Impuls gewesen war. Tief im Inneren hatte sie instinktiv gewusst, dass sie diese Geste nicht ernst nehmen sollte. Doch wenn sie sich ein oder zwei Minuten lang hätte bemitleiden wollen, konnte sie es nicht. Die Luft um sie herum zischte vor Anspannung, als langsam all ihre Pläne aufgingen. Nun, seine Pläne. „Bleiben sie nur den einen Tag?"

Jamie schüttelte den Kopf. „Sie werden mindestens das Wochenende im Bed-and-Breakfast bleiben. Er ruft sofort Meg an."

„Nun gut." Abbie schlug die Hände zusammen und

betrachtete den leeren Raum. Sie hatte gewusst, dass Jamie an den meisten Abenden hierhergekommen war, nachdem er sie nach Hause gefahren hatte, um das Gebäude aufzuräumen, aber ihr war nicht bewusst gewesen, wie weit er bereits gekommen war. Aufgeregt aufgrund Grace' guter Nachricht hatte sie heute Abend darauf bestanden, sich Jamie bei den Aufräumarbeiten anzuschließen. „Wo fangen wir an?"

„Hier unten warten wir noch auf die Genehmigung zum Einriss der Zwischenwände. Ich habe oben auch schon alle Kisten mit den alten Büchern und Unterlagen durchgesehen. Das meiste davon war Müll, aber ich habe etwas zu Marion gebracht."

„Oh, ich wette, sie hat sich gefreut."

Jamie kicherte. „Das hat sie wirklich. Diese Frau hat eine Vorliebe für altes Papier."

„Das glaube ich dir sofort."

„Jedenfalls habe ich noch keine der Truhen oben angerührt." Sein Blick fiel auf den Boden, bevor er aufblickte, um ihr in die Augen zu sehen. Sein strahlendes Lächeln wirkte ein wenig zittrig und ein Hauch von Farbe erreichte sein Gesicht. „Ich hatte irgendwie gehofft, dass du das vielleicht mit mir machen möchtest."

Das gleiche schwindelerregende Gefühl, das sie durchströmt hatte, als er ihre Hand gehalten hatte, kehrte zurück. Sie wusste nicht, was sie von all den Emotionen, die gerade an die Oberfläche drangen, oder von der süßen Art, wie Jamie sie behandelte, halten sollte. Aber zum ersten Mal in ihrem Leben würde sie etwas nicht zu Tode denken, denn sie war entschlossen, es einfach zu genießen.

KAPITEL ZWÖLF

Gerade jetzt wünschte Jamie sich mehr als alles andere, er könnte Abbies Gedanken lesen. Ihr freudiges Lächeln ließ nicht erkennen, ob sie glücklich war, weil er auf sie gewartet hatte, oder ob sie sich freute, weil sie noch einmal in der Geschichte wühlen könnte.

„Das würde mir gefallen." Abbie winkte ihn weiter. „Ich würde ja ein Rennen mit dir veranstalten, aber ich glaube nicht, dass wir uns weitere Fehltritte leisten können."

„Definitiv nicht." Er widerstand dem Drang, erneut nach ihrer Hand zu greifen. Als er dies vorhin am Telefon getan hatte, war es reiner Instinkt gewesen, der ihn dazu veranlasste. Als ihm dann klar geworden war, dass er sie immer noch festhielt, tat er sein Bestes, um sie beiläufig loszulassen, und hoffte, dass er sie nicht verschreckt hatte. Zu diesem Zeitpunkt war er lediglich erfreut, dass sie nicht sauer auf ihn war und an seiner Seite arbeiten würde. „Mir kam der Gedanke, dass der Raum im Obergeschoss gut für Büros geeignet wäre. Vielleicht können wir sogar einige dieser Möbel benutzen." Er zog am Seil und ließ die ausklappbare Treppe herunter.

„Oh das klingt großartig. Hast du dem Architekten gesagt, er soll eine echte Treppe einzeichnen? Eine, die man nicht herunterziehen muss?"

„Dafür brauche ich keinen Architekten. Mit einem

oder zwei meiner Cousins könnte ich sie an einem Nachmittag bauen.“

Sie packte das Geländer, stieg eine Stufe hinauf und drehte sich, um ihn über ihre Schulter anzusehen. „Fürs Protokoll: Ich habe nichts dagegen, wenn du damit zeitnah anfangst.“

„Das mach ich“, kicherte er, „aber ich vermute, dass meine Cousins schneller zur Tat schreiten würden, wenn du sie darum bittest. Nicht, dass sie mir nicht helfen würden, aber eine Treppe zum Dachboden steht für niemanden auf der Prioritätenliste.“ Er stieg hinter ihr die Leiter hinauf.

Oben angekommen, klopfte sie sich den Staub von den Händen und drehte sich zu ihm um. „Das mach ich vielleicht.“

Sie hatten kaum das obere Ende der Treppe erreicht, als er in der Ferne Stimmen hörte, die *Hallo* riefen. „Hast du das gehört?“

Mit den Händen in die Hüften beugte sich Abbie zur Dachbodenöffnung. Die Stimmen erklangen noch einmal. „Ja. Frauenstimmen. Erwartest du noch jemand anderen?“

Jamie schüttelte den Kopf.

„Halli, hallo, hallöle“, erklang lauter und deutlicher, begleitet von mehr als einer weiblichen Stimme, die kicherte.

„Irgendwo hier müssen sie sein“, verkündete eine andere Frau.

„Ich wette, sie sind oben.“ Diesmal erkannte Jamie seine Tante.

„Oh, oh.“ Mit großen Augen drehte sich Abbie zu ihm um. „Vielleicht irre ich mich, aber meine erste Vermutung ist, dass der Mädelsabend gerade von Megs Haus hierher verlegt wurde.“

„Warum hierher?“, fragte er.

Am Fuß der Treppe verstummten Schritte. „Hallooo.“

„Ich denke, das werden wir bald herausfinden." Abbie lachte und ging zur Treppe. „Wir sind hier oben. Kommt und macht mit bei der Party."

Meg führte das Rudel an und war als Erste die Treppe hinaufgestiegen. Eine nach der anderen folgten die Familie und Freundinnen ihr ins Obergeschoss.

„Ich habe gerade mit Dave telefoniert", begann Meg. „Er und seine Frau werden morgen eintreffen, aber das weißt du ja bereits." Sie wandte sich von Jamie zu Abbie. „Und Grace sagte, dass ihr heute Abend etwas früher geschlossen habt. Da du nicht ans Telefon gehst und dein Haus stockfinster ist und Dave gesagt hat, Jamie sei hier in der Kneipe, gingen wir davon aus, dass du auch hier sein musst."

„Tut mir leid, mein Telefon ist stummgeschaltet und unten in meiner Handtasche."

Becky manövrierte um ihre Schwägerin herum. „Egal, wir haben dich gefunden." D.J.s Frau lächelte etwas enthusiastischer, als er es von ihr gewohnt war.

„Ja." Tante Eileen betrat den Dachboden und suchte die Umgebung ab. „Da der Prophet nicht auf den Berg kommen will, dachten wir, wir bringen den Berg zum Propheten. Hey", sie zeigte hinter Abbie, „ist das ein Lincoln-Schaukelstuhl?"

Bevor Jamie die Gruppe von Frauen, die alle gleichzeitig sprachen, vollständig verarbeiten konnte, hatte sich der Lagerraum von einem staubigen Chaos in einen Partysaal verwandelt. Eine der Truhen war abgeräumt worden, um sie als Tisch für mehrere Flaschen Wein, Teller mit Snacks und Tonis – vermutlich sehr betrunkene – Törtchen zu nutzen. Er hatte die Ladys noch nie so … glücklich gesehen.

Normalerweise war Jamie kein Mann, der langsam reagierte, aber gerade stand er immer noch wie erstarrt an der gleichen Stelle, an der er gestanden war, als alle nach oben geklettert waren. Er wusste nicht, was er als nächstes tun sollte. Seine Tante und ein paar andere Frauen schwirrten wie Bienen von Blüte zu Blüte und labten sich an jedem neuen Fund. Toni und Becky staubten ein paar samtbezogene Klappstühle ab und stellten sie um den zum Tisch umfunktionierten Koffer auf.

Abbie drängte sich zwischen Meg und Grace hindurch und arbeitete sich zurück zu ihm. „Du siehst ein wenig verloren aus."

„Sagen wir einfach, das war nicht das, was ich zu dieser Zeit an einem Freitagabend erwartet hatte." Er blickte in die lächelnden, glücklichen Gesichter seiner Besucherinnen. „Aber sie alle wirken ein bisschen zu glücklich."

Abbie lachte laut. „Unterschätze sie nicht. Sie haben sicher ein oder zwei Gläser Wein getrunken –"

„Zwei?"

„Höchstens." Sie lächelte. „Was du hier gerade siehst, ist die Synergie von Frauen, die Freundinnen treffen. Alle arbeiten lange und hart, Tag für Tag, Woche für Woche, und der Mädelsabend ist ihre Chance, Spaß zu haben und neue Energie zu tanken."

Auf den zweiten Blick erkannte er, dass sie recht hatte. Während um ihn herum übermäßig viel Gelächter herrschte, war das Gespräch sachlich, klar und erinnerte ihn an die Geburtstagsfeiern für seine Schwester, als diese noch ein kleines Mädchen gewesen war. Ein Dutzend oder mehr Freunde versammelten sich bei Kuchen und Eis, lachten, kicherten, hatten die Zeit ihres Lebens und waren offensichtlich alle vollkommen nüchtern.

„Jamie", rief jemand von der anderen Seite des Dachbodens, „du wirst einige dieser Bilder im Pub aufhängen müssen."

„Synergie", murmelte er.

„Die beste Art von Synergie." Abbie winkte ihm,

ihr zu folgen. „Komm. Schauen wir mal, welche Schätze sie gefunden haben."

Jamie nickte. Er würde sich heute Abend dem Spaß anschließen, aber er war nicht an Schätzen interessiert. Er war sich ziemlich sicher, dass er seinen Schatz bereits gefunden hatte, und würde diesem Schatz überallhin folgen.

„Wow, ich kann nicht glauben, wie viel Zeug auf diesem Dachboden gelagert ist." Abbie ließ sich auf ihr Sofa fallen und legte ihre Füße auf den Couchtisch.

Meg ließ sich neben Abbie in den übergroßen Sessel sinken. „Das ist kein Scherz. Ich hoffe, Jamie nimmt mich ernst, wenn ich ihm sage, dass ich gerne ein paar dieser Stücke für das Bed-and-Breakfast haben würde."

„Das meiste davon ist, bis auf das Jahrhundert Staub, in ziemlich gutem Zustand." Tante Eileen lehnte sich am anderen Ende des Sofas zurück.

„Nun", Catherine, Connors Frau, ließ ihre Handtasche auf den Boden fallen, „da ich die Einzige bin, die noch steht, werde ich wohl den Wasserkocher einschalten und Tee aufsetzen."

„Das musst du nicht tun." Abbie schwang einen Fuß vom Tisch.

Tante Eileens Arm kam herüber und sie tätschelte Abbies Knie. „Lass sie. Du warst den ganzen Tag und fast die ganze Nacht auf den Beinen."

„Sie hat recht", sagte Catherine. „Ich sitze den ganzen Tag am Schreibtisch. Lass dich eine Minute lang von jemand anderem bedienen."

„Ich gebe zu, das Konzept klingt sehr ansprechend." Bei Abbies langen Arbeitstagen hatte sie nur selten Gesellschaft in ihrem Haus. Es war sogar noch ungewöhnlicher, dass sie an einem Freitagabend ausging. Doch alle heiligen Zeiten, wie heute Abend, verließen ihre Gäste früh das Café, und sie kam zu einer anständigen Zeit nach Hause. Nicht, dass halb eins in der Nacht eine anständige Zeit gewesen wäre, aber die Truppe hatte die letzten paar Stunden damit verbracht, all die Relikte aus den vergangenen Tagen von Tuckers Bluff zu sichten.

„Ich bin ein wenig überrascht, dass Jamie so lange durchgehalten hat", murmelte Meg gähnend.

Tante Eileen winkte ihrer Nichte mit dem Finger zu. „Lass uns nicht damit anfangen."

„Man muss zugeben, dass kaum ein Mann mit so vielen Frauen mithalten kann."

„Wir waren heute Abend wirklich ungewöhnlich viele, nicht wahr?", sagte Tante Eileen.

Abbie lächelte. „Ich bin froh, dass ich heute Abend dabei sein konnte."

„Ich weiß, dass ich das schon einmal gesagt habe", Meg beugte sich vor, „aber du könntest darüber nachdenken, eine Teilzeitkellnerin einzustellen, damit du dir ein paar Abende pro Woche freinehmen kannst."

Catherine kam mit einem Tablett mit Tassen und Untertassen und anderem Teezubehör in den Raum. „Ein Abend pro Woche wäre schon ein Anfang. Einen Abend in der Woche könntest du doch sicherlich einrichten?"

Mehr als einmal war Abbie der Gedanke durch den Kopf gegangen, dass es an der Zeit war, langsamer zu treten und sich selbst nicht mehr so zu stressen. Aber wenn sie nach einem langen Arbeitstag in ihr leeres, ruhiges Haus kam, wo ab und zu ein Gang zum Laden auf sie wartete oder sie ein paar Stunden mit Farben experimentierte, dachte sie sich nur: *vielleicht nächstes Jahr.*

Der Teekessel ertönte. Catherine huschte in die Küche und rief über ihre Schulter: „Heute Abend hat niemand über das Offensichtliche gesprochen."

Niemand sagte ein Wort, als sie Teebeutel, Zucker und Milch in ihre Tassen gaben und sich gegenseitig verstohlen ansahen.

„Wir sollten wirklich auf Nummer sicher gehen." Catherine kam mit dem Teekessel in der Hand zurück und begann, die Tassen zu füllen. „Ich weiß, dass es uns allen Spaß gemacht hat, Bilder und andere Gegenstände auszuwählen, die im neuen Pub ausgestellt werden sollen, die Rezepte für die Speisekarte zu besprechen und uns darauf zu freuen, dass morgen der Craft-Beer-Typ in die Stadt kommt. Aber es sind jetzt nur noch zwei Wochen, und ich denke, wir brauchen einen besseren Plan."

Tante Eileen tauchte ihren Teebeutel immer wieder in das dampfende Wasser. „Sally May und ich haben Mabel Berkner besucht."

„Wirklich?" Abbie war sich nicht sicher, was sie von dieser kleinen Neuigkeit halten sollte.

„Sie ist schließlich die lautstärkste Gegnerin des Pubs."

Catherine nahm Platz. „Sie ist dagegen, dass irgendjemand Alkohol verkauft. Und ja, sie ist die Lautstärkste."

„Ich dachte mir", Tante Eileen rührte ihr heißes Gebräu, „wenn wir sie irgendwie auf unsere Seite ziehen könnten, würde das den Stadtrat vielleicht endlich überzeugen."

Meg blies in ihren Tee. „Ich verstehe nicht, warum sie eine der beiden Optionen unterstützen würde."

„Von zwei Übeln wählt man lieber das, das man schon kennt." Abbie stellte ihre Teetasse auf den Tisch. „Vielleicht gefällt ihr der Gedanke an Alkohol im County nicht, aber das ist Schnee von gestern. Sie kann sich wehren, so viel sie will, die Leute dieses Countys haben sich entschieden, und das County oder diese Stadt werden ihre Meinung nicht ändern. Wenn schon Alkohol in Tuckers Bluff verkauft wird, weiß sie zumindest, dass die Farradays gute, ehrliche Menschen sind und sich genauso um diese Stadt sorgen wie sie."

Catherine sah zu Tante Eileen. „Also wie ist es gelaufen?"

„Nicht sehr gut." Tante Eileen machte eine Pause, um einen Schluck zu trinken. „Die meiste Zeit, in der Sally May und ich redeten, sah die Frau aus, als hätte sie an einer Zitrone gelutscht."

Abbie lachte. „Nun, das hat nichts zu bedeuten. Sie sieht immer aus, als würde sie an einer Zitrone lutschen."

Tante Eileen zuckte mit den Schultern.

„Vielleicht können wir Mabel nicht überzeugen, aber was ist mit dem Stadtrat?", fragte Meg. „Vielleicht können wir diejenigen, die gegen das Pub sind, die Entscheidung ein wenig versüßen."

„Sie bestechen?" Abbie konnte nicht glauben, dass sie das gerade gehört hatte.

„Natürlich nicht." Meg schüttelte den Kopf. „Ich habe darüber nachgedacht, ein wenig zu verhandeln. Ihr wisst schon, so wie es Lobbyisten tun. Oder Politiker."

„Der Vergleich mit Lobbyisten und Politikern löst bei mir kein gutes Gefühl aus", sagte Abbie.

Tante Eileen streckte ihr Kinn nach vorne und rieb sich den Kiefer. „Vielleicht ist das keine so dumme Idee. Dieses County hat mit ein wenig Kuhhandel über Generationen hinweg immer wieder schwere Zeiten überstanden. So wurden Scheunen gebaut und Rinder- und Schafzüchter lernten, Seite an Seite zu leben. Ja, ich glaube definitiv, dass das keine so schlechte Idee ist."

„Also", Catherine rieb ihre Hände aneinander. „Wir haben weniger als zwei Wochen Zeit, um herauszufinden, wer dazu tendiert, Hemingway's die Genehmigung zu erteilen, und herauszufinden, wieso das O'Fearadaigh's für diese Leute im Einzelnen als auch für die Stadt im Ganzen von größerem Nutzen sein könnte als die Konkurrenz."

Tante Eileen nickte. „Ich mag diese Idee. Ich weiß von Grace, dass der Bürgermeister denkt, dass es mehr bringt, wenn man ein internationales Unternehmen in die Stadt bringt. Ich werde mit Sean reden und sehen, was wir dagegen unternehmen können."

Umgeben von lächelnden Frauen hoffte Abbie, dass es so einfach sein würde. Sie hatte sich an den Gedanken gewöhnt, Jamie bei sich zu haben. Nicht, dass sie die Zusammenarbeit mit Frank nicht vermisste oder dass sie bald nicht mehr so viel Zeit mit Jamie verbringen würde, wenn Frank wieder gesund war. Ihr gesunder Menschenverstand sagte ihr, dass die Farradays etwas anders finden würden, was sie mit dem Gebäude machen könnten, wenn das Pub seine Lizenz nicht bekam. Doch Jamie hätte dann keinen Grund mehr, in Tuckers Bluff zu bleiben. Dieser Gedanke störte sie mehr als alles andere, was ihr im Moment durch den Kopf ging. Was zum Teufel sollte sie also dagegen unternehmen?

KAPITEL DREIZEHN

„**D**ie Einsätze bitte." Eileen warf einen Chip in den Pot. Solange sie denken konnte, gehörten morgendliche Pokerspiele im Café zum festen Bestandteil ihrer Routine. Sie hatte keine Ahnung, wie sie die ersten Jahre nach Helens Tod ohne diese fabelhaften Frauen, die sie ihre Freundinnen nennen durfte, überstanden hätte.

Ruth Ann winkte ihr mit dem Finger zu. „Hast du auch vor, demnächst auszuteilen, oder willst du die Karten einfach bis zum Abendessen mischen?"

„Mein Gott, heute ist jemand aber gereizt." Dorothy schimpfte mit ihrer langjährigen Freundin. „Ärger im Paradies?"

Ruth Ann drehte den langen grauen Zopf, der ihr bis zur Hälfte des Rückens herunterhing, zu einem Knoten im Nacken und verdrehte die Augen. „Nicht alles hat mit meinem Liebesleben zu tun."

„Da bin ich mir nicht so sicher." Sally May zuckte mit den Schultern. „Wie gut du in letzter Zeit auf einer Mürrisch-Skala abschneidest, scheint in direktem Zusammenhang damit zu stehen, wie glücklich du mit Ralph bist."

Zumindest eine von ihnen hatte ein Liebesleben, dachte sich Eileen. Bis Ruth Ann mit Ralph anbandelte, hatte Eileen Liebe und Beziehungen als etwas angesehen, das in den Erinnerungen an jüngere Tage verborgen lag.

„Ralph und mir geht es gut." Ruth Ann winkte Eileen zu. „Sie mischt immer noch. Noch länger und die Karten gehen kaputt."

Alle Augen richteten sich auf die Karten, die eine nach der anderen flach ineinander fielen.

Dorothy zog die Brauen hoch. „Ruth Ann hat recht. Mittlerweile sind sie wahrscheinlich wieder in derselben Reihenfolge wie am Anfang."

Eileen knallte das Deck vor ihrer liebsten Freundin auf den Tisch und wartete darauf, dass Dorothy abhob. Es machte keinen Sinn, etwas zu sagen. Sie hatten recht, sie war heute Morgen etwas abgelenkt. Der blöde Brief, den sie bei seiner Ankunft einfach in den Papierkorb hätte werfen sollen, war zusammen mit einem sauberen BH aus der Schublade geflogen. Mit der Absenderadresse nach oben hatte er sie sie kühn angestarrt, und verspottet.

„Eileen", wiederholte Ruth Ann.

„Planst du, wie du deinen großen Gewinn aus-gibst?" Eileen tat ihr Bestes, um nicht – erneut – abschweifen, sammelte den Kartenstapel ein und verteilte schnell fünf Karten.

„Ich hätte dich weiter mischen lassen sollen." Ruth Ann ordnete ihre Karten von links nach rechts und dann von rechts nach links neu.

Eileen sortierte ihre eigenen Karten. Ihr Glück war nicht besser als das von Ruth Ann und Eileen hatte seit fast dreißig Jahren kein Liebesleben.

„Oh schau." Dorothy zeigte unter ihren Karten zur Vorderseite des Cafés. „Sieht so aus, als wäre der Kumpel des Bürgermeisters, Stadtrat Roy Garland, zum Mittagessen hier. Allein."

Während sie darauf wartete, ob sich jemand zu ihm gesellte, warf Eileen ein oder zwei Mal einen Blick über den Rand ihrer Karten.

„Nun", Sally May beugte sich vor, „hier ist deine

Chance herauszufinden, was der Stadtrat vorhat.“

Ruth Ann faltete ihre Karten vor sich zusammen. „Oder hast du entschieden, dass Sean recht hat und dass du die Füße stillhalten und den Dingen ihren Lauf lassen sollst?“

„Ich hoffe nicht.“ Dorothy warf zwei Karten ab. „Ob es uns gefällt oder nicht, das ist Politik, und wir können nicht einfach dastehen und hoffen, dass der Gute gewinnt.“ Das Mindeste, was wir tun können, ist, ein nettes, freundschaftliches Gespräch mit einem unserer Stadträte zu führen und herauszufinden, was seine Meinung ist.„

„Einverstanden.“ Eileen war sich sicher, dass der Stadtrat alleine zu Mittag aß und ihre Gesellschaft willkommen heißen würde. Der Zeitpunkt war perfekt. Als sie ihre Karten auf den Tisch warf, stellte Donna gerade das Mittagessen des Stadtrats vor ihm auf den Tisch.

„Willst du irgendwo hin?“ Mit einer Kanne Tee in der einen und einer Kanne Kaffee in der anderen Hand blieb Abbie neben Eileen stehen.

„Ja“, Eileen nickte. „Drückt mir die Daumen, Mädels, ich greife an. Hoffen wir, dass man ihm genauso leicht Fakten aus der Nase ziehen kann wie meine Neffen, wenn sie nicht wollten, dass Sean und ich wissen, was sie vorhatten.“

Sally May sammelte die Karten vor sich ein. „Um Himmels willen, er wird kaum so leichtgläubig sein wie ein paar Teenager. Ich hoffe, du hast noch ein anderes Ass im Ärmel.“

„Nein, aber du weißt, wie es so schön heißt.“ Eileen lächelte. „Was Männer von Jungen unterscheidet, ist nur der Preis ihrer Spielzeuge.“

Jedes Mal, wenn Abbie an Roy Garlands Tisch vorbeiging, fragte sie sich, warum Jamies Tante immer noch dort saß.

„Ich bin sicher, bis Tante Eileen mit dem Mann fertig ist, wird sie all seine Familiengeheimnisse kennen." Jamie blickte auf die nächste Bestellung.

„Er ist nur so … anhänglich."

Die Doppeltüren schwangen auf und Donna eilte herein. „Fragt sich sonst noch jemand, warum deine Tante Ratsmitglied Garland Zucker in den Arsch bläst?"

Stirnrunzelnd blickte Jamie von einer Frau zur anderen. „Wartet eine Minute. Reden wir vom selben Mann? Schon etwas älter, leicht rundlich, mit zur Seite gekämmten Haaren, um die kahle Stelle auf seinem Kopf zu verbergen, immer lächelnd?"

Abbie und Donna nickten synchron.

„Er stammt aus einer anderen Zeit." Abbie zuckte mit den Schultern. „Den Schwestern zufolge sagte man in der High School er hätte Oktopushände."

„Warte. Wie anhänglich ist anhänglich?"

„Nicht so sehr. Solange der alte Oktopus mich auf kein Date ausführt, muss ich mir keine Sorgen machen."

„Hat er dich gefragt?"

Die wachsende Beunruhigung in Jamies Gesicht war fast amüsant. Abbie musste sich anstrengen, um eine ernste Miene zu bewahren. „Nur auf eine neckende Art und Weise. Du weißt schon: *Brenn mit mir durch und du wirst nie wieder in deinem Leben arbeiten müssen*. Das hören wir Kellnerinnen ständig."

„Aha." Jamies Griff um das Papier in seinen Händen wurde fester.

„Was auch immer." Abbie machte kehrt.

„Warte."

Sie drehte sich um. „Was?"

„Grace hat mit den Ratsmitgliedern öfter bis spät in die Nacht zusammengearbeitet. Du denkst doch nicht, dass er … du weißt schon?"

Diesmal lachte Abbie richtig. „Nein, tue ich nicht. Der Kerl hat vielleicht seine Finger nicht unter Kontrolle, aber ich habe noch nie gehört, dass er eine verheiratete Frau respektlos behandelt hat."

„Du gibst also zu, dass er respektlos ist."

„Natürlich tue ich das. Es ist nicht dein Hintern, den er gerne streichelt. Ich sage nur, dass wir dem alten Bock hier ein wenig Freiraum lassen und einen großen Bogen um ihn machen. So sind alle glücklich."

„Nun, ich denke, es ist vielleicht an der Zeit, dass die Farradays ein kleines Wörtchen mit dem werten Herrn Stadtrat wechseln."

„Für mich ist das in Ordnung, aber ich schlage vor, dass du wartest, bis alle Genehmigungen erteilt wurden."

Jamie stellte eine Bratpfanne auf den Herd und grummelte etwas darüber, es zu tun, es ihm aber nicht gefiel.

Eine der Doppeltüren schwang auf und Abbie hielt inne.

Tante Eileen stand auf der Schwelle und hielt mit einer Hand die Tür fest, während sie ihnen mit der anderen einen Daumen nach oben zeigte und flüsterte: „Tut mir leid, dass ich so reinplatze, aber ich wollte euch wissen lassen, dass wir das geregelt haben."

„Oh, das ist wunderbar." Abbie beugte sich vor, um Eileen zu umarmen, und bemerkte, dass Roy in Richtung Küche ging. „Wir haben Gesellschaft", flüsterte sie.

Tante Eileen blickte über ihre Schulter. Als sie den Stadtrat entdeckte, richtete sie sich auf und setzte ein breites Lächeln auf. „Roy?"

Der Mann nickte Jamie im Hintergrund kurz zu

und lächelte Eileen an. „Sicher, dass das Abendessen klar geht?"

„Auf jeden Fall, es ist ein Date."

Der Mann grinste mit einem ungewöhnlichen Maß an jungenhaftem Charme, den sie von dem alten Bock nicht erwartet hätte und lächelte Jamie und Abbie an. Dann wackelte er mit den Fingern und winkte Eileen zum Abschied. Abbie hätte einen Monatslohn darauf verwettet, dass der Typ über den Bürgersteig tanzen würde, sobald sich die Tür hinter ihm schloss.

„Was hast du getan?" Jamie schaltete den Herd aus und ging zu seiner Tante und Abbie.

„Schau nicht so entsetzt. Ich habe herausgefunden, was er will, und jetzt wird er es bekommen."

Abbie schluckte den Rest Speichel, der noch in ihrem Mund war. „Du gehst mit Roy Garland zum Abendessen aus?"

„Natürlich nicht." Tante Eileen schüttelte den Kopf, drehte sich halb um und stieß die Tür zum Restaurant auf. „Sally May macht das."

„Sally May hat zugestimmt, mit ihm auf ein Dinner zu gehen?", sagten Abbie und Jamie im Chor.

Tante Eileens Lächeln wurde breiter. „Nein, aber sie wird es tun."

Bevor Abbie noch ein Wort sagen konnte, schwang die Tür laut hinter seiner Tante zu.

Mit leicht geöffnetem Kiefer, den Blick immer noch auf die Schwingtür gerichtet, murmelte er: „Wir haben ein Monster erschaffen."

„Nun", Jamie wandte sich wieder dem Kochfeld zu, „eines ist sicher: Wir können Sally May nicht auf ein Date mit Mr. Oktopus gehen lassen, nur damit die

Farradays ein Pub eröffnen können."

Donna eilte herein. „Ein Haufen Teenager ist gerade angekommen. Macht euch bereit, Hamburger und Pommes zu machen." Sie klemmte eine Bestellung an die Durchreiche, drehte sich um und eilte zur Tür zurück.

„Ich mache mich besser wieder an die Arbeit. Wir werden uns etwas einfallen lassen." Mit diesen Worten folgte Abbie der anderen Kellnerin.

Er würde zu gerne wissen, wie es dazu kam, dass alles so verrückt wurde. Ein einfacher Deal. Ein einfacher Plan. Ein Irish Pub. Und nun verhandelte seine Tante mit einem notgeilen alten Mann über Abendessen und mit mürrischen Prohibitionsanhängerinnen über Gemüsegärten. Er wagte gar nicht darüber nachzudenken, was ihr als Nächstes einfallen würde.

KAPITEL VIERZEHN

„Ich kann den Charme von Tuckers Bluff definitiv erkennen. Oh Mann." Dave saß auf einem Barhocker und schlürfte einen Schluck Irish Stew von seinem Löffel. „Das ist großartig."

„Lass mich auch." Seine Frau klaute ihm den Löffel und schluckte den letzten Rest Brühe hinunter. „Oh, großartig trifft es nicht ansatzweise."

Jamie konnte sich ein Lächeln nicht verkneifen. Er hatte nur vier Versuche gebraucht, um es richtig hinzubekommen.

„Sagte ich dir doch." Abbie stützte ihren Ellbogen auf die Theke. Typisch für einen Sonntagnachmittag war das Restaurant seit über einer Stunde geschlossen. Sie, Jamie und seine Freunde aus Dallas hatten gelacht, Geschichten ausgetauscht und mit Rezepten experimentiert.

„Ich habe nie gesagt, dass ich an dir zweifle." Als er sich vorbeugte und ihr gerade einen entzückten Kuss auf die Lippen geben wollte, erkannte Jamie gerade noch rechtzeitig, wie unangemessen das wäre und gab ihr stattdessen einen schnellen Kuss auf die Stirn. „Ich hätte dieses Rezept von jetzt an bis zum Weltuntergang machen können, ohne zu bemerken, dass meine Hände und die meiner Urgroßmutter nicht gleich groß sind."

Daves Frau nahm eine weitere Kostprobe. „Das verstehe ich nicht."

„Das Rezept", Jamie schenkte jedem eine Schüssel

ein, „wurde in der Familie meiner Mutter von Frau zu Frau weitergegeben und bestand hauptsächlich aus einer Prise hiervon und einer Handvoll davon."

„Ah", Dave nickte.

„Richtig. Meine Hände sind größer als die meiner Vorfahren mütterlicherseits." Er zeigte mit dem Daumen auf Abbie. „Sie hat es bemerkt."

Abbie zuckte mit den Schultern und probierte kurz den Eintopf. „Ich erinnere mich, dass ich das irgendwo über eine der Keksfirmen gelesen habe. Ich weiß nicht mehr, welche, aber mir kam der Gedanke, dass ihr Problem, das Rezept ihrer Großmutter zu kopieren, auch unser Problem sein könnte."

„Also haben wir Abbies Hände benutzt." Jamie widerstand erneut dem Drang, sich zu ihr zu beugen und sie zu küssen. Stattdessen trat er einen Schritt zurück. Alles, um sich weiter auf das Essen zu konzentrieren. „Ich denke auch, dass Abbies Prise und Handvoll eher denen meiner Urgroßmutter ähneln, weil selbst Moms Eintopf nicht so gut schmeckt."

Daves Frau Beverly blies auf ihren Löffel. „Ich wünschte, wir wären lange genug hier, um alles auf deiner Speisekarte zu probieren."

„Ich auch", fügte Dave hinzu.

Die Glocke über der Tür des Cafés klingelte. Obwohl das Café nicht mehr für Kunden geöffnet war, hatte sie die Tür nicht abgeschlossen. Etwas, das ihn sowohl überraschte als auch erfreute. Nachdem Abbie all die düsteren Erinnerungen wieder aufgewärmt hatte, war er froh, dass sie trotzdem nicht nervös war. Zumindest nicht so sehr, um sich Sorgen wegen der Eingangstür zu machen.

„Hallo", sangen zwei Frauenstimmen.

Sissy, die große, schlanke Rothaarige, ging voran. „Meg sagte, wir würden euch hier finden."

„Hallo", sagte Beverly. „Schön euch wiederzusehen."

„Dann habt ihr euch schon kennengelernt?", fragte Abbie.

Dave und seine Frau nickten.

„Oh ja", antwortete Sissy. „Sie waren gestern eine Weile mit Meg und Eileen im Laden. Sie haben uns vom Baby erzählt. Was für süße Bilder."

„Das ist eine der schönen Sachen an dieser neumodischen elektronischen Welt", stimmte Sissy zu. „Man hat auf dem Handy so viele schöne Fotos zur Hand."

„Nun", Sister, die kleinere der beiden Frauen, deren platinblondes Haar immer noch ebenso breit wie hoch war, griff in ihre Handtasche. „Nachdem wir gestern gesprochen hatten, wusste ich, dass wir noch mindestens eine dieser handgeschnitzten Rasseln hatten."

„Die andere gehört jetzt Ethans kleinem Mädchen, aber der Mann, der sie geschnitzt hat, hat ein Ersatzstück angefertigt und es uns vor nicht allzu langer Zeit gebracht", erklärte Sissy.

„Ich weiß nicht, wie wir das vergessen konnten." Sister holte eine wunderschöne handgefertigte Babyrassel hervor.

„Oh mein Gott", Beverlys Augen weiteten sich. „Die ist einfach wunderschön. Und so leicht."

Sissy und ihre Schwester lächelten. „Das Einzige, was der Hersteller von uns verlangt hat, ist, dass wir sie einem besonderen Baby schenken."

„Das stimmt", Sister nickte. „Obwohl wir euer kleines Goldstück noch nicht kennengelernt haben, können wir nach eurem gestrigen Besuch sagen, dass der Hersteller sich freuen würde."

Beverly blickte auf und reichte ihrem Mann die Rassel. „Wie viel will er dafür?"

„Oh, er will kein Geld dafür", sagte Sister schnell.

„Aber das ist so viel Arbeit", Dave fuhr mit den Fingern über das schöne Stück. „Sicherlich –"

Sissy unterbrach ihn mit einer Handbewegung. „Wir würden uns alle sehr freuen, wenn ihr sie annehmen würdet."

Dave und seine Frau sahen Jamie an.

Er nickte. „So läuft es hier eben."

„Ja", murmelte Dave und gab seiner Frau die Rassel zurück. Die beiden starrten einander lange und intensiv an. Jamie erkannte dies als eine Szene, die er schon oft bei sich zuhause zwischen seiner Mutter und seinem Vater oder auf der Ranch zwischen seinem Onkel Sean und Tante Eileen beobachtet hatte. Das stille Gespräch eines Paares, das keine Worte brauchte, um zu kommunizieren. Dann zog Dave eine Augenbraue hoch, während Beverly lächelte und nickte, und Jamie wusste, dass sie sich geeinigt hatten.

Beverly drehte sich um und lächelte die Schwestern an, dann richtete sie ihren Blick auf Jamie. „Meg hat mich zum Haus ihrer Nachbarin mitgenommen. Es ist einfach wunderschön und wird bald zum Verkauf angeboten. Die Familie ist zu groß dafür geworden."

„Ja", Sissy nickte. „Das wären Ken und Elizabeth Ashridge. Sie haben gerade ihr viertes Baby bekommen, also das vierte und fünfte."

„Was für ein Segen, Zwillinge zu haben", fügte Sister hinzu. „Auch wenn es eine kleine Überraschung war."

„Überraschung?" Jamison glaubte, dass Eltern in der heutigen Welt durch 3D-Sonogramme und DNS-Tests schon vor der Geburt alles über ihr Baby wüssten, abgesehen vom Intelligenzquotienten.

„Anscheinend hat sich ein Baby immer hinter dem anderen versteckt", erklärte Abbie.

Sister nickte. „Sie bauen ein Haus in der Nähe von Brooks und Toni."

„Da sind wir gestern auch vorbeigefahren", fuhr Beverly fort. „Das alte Haus der Ashridge wäre perfekt für eine wachsende Familie."

„Was meine Frau über Umwege sagen möchte, ist, dass wir unsere Familie sehr gerne in Tuckers Bluff großziehen würden."

„Ja", jubelte Jamie. Er sprang praktisch über die Theke und zog seinen Freund in eine Umarmung, bevor er sich umdrehte, um die Frau des Mannes zu umarmen. „Willkommen in Tuckers Bluff."

„Unsere ersten neuen Einwohner und Arbeitgeber dank des O'Fearadaigh's", strahlte Abbie. „Schauen wir mal, was der Stadtrat dazu sagt."

Ein bestimmter Stadtrat. Ein Problem war gelöst aber ein weiteres lag noch vor ihm. Er hatte keine Wahl, er würde sich mit der Naturgewalt Eileen zu einem netten langen Gespräch zusammensetzen müssen. Dann musste er nur noch herausfinden, wie er das geplante Date absagen konnte, ohne einen allzu freundlichen Stadtrat zu verärgern.

„Okay, Eis mit Crème de Almond schmeckt viel zu gut, um mit einem Namen wie Pink Squirrel belegt zu werden." Nachdem Dave und seine Frau ins Bed-and-Breakfast zurückgekehrt waren, arbeiteten Abbie und Jamie an der Auswahl der Spirituosen für den Kochwettbewerb. Sie nahm einen weiteren Schluck des Cocktails vor sich. Dieses Teil war fantastisch. „Ich habe von Getränken mit verrückten Namen gehört, aber warum sollte jemand etwas so Leckeres nach einem Nagetier mit abführender Farbe benennen?"

„Mom hat es nicht gesagt." Jamie spülte den Mixer aus. „Sie erzählte mir nur, dass Großmutter Farraday jeden Nachmittag vor dem Abendessen einen hatte. Wenn er gut genug für meine irische Oma war, ist der

Name auch gut genug für das O'Fearadaigh's. Diesen Cocktail servieren wir also definitiv auf dem Kochwettbewerb?"

Abbie zuckte mit den Schultern. „Ich bin hin- und hergerissen. Einerseits schmeckt der Drink so köstlich, aber andererseits sieht er zu sehr wie ein Erdbeermilchshake aus."

Jamie blickte stirnrunzelnd auf den leeren Mixer und schnaubte. „Darüber hatte ich nicht nachgedacht. Vielleicht sollten wir ihn doch von der Liste streichen.

„Wenn du willst, aber ich gebe zu, das Teil schmeckt fantastisch."

Lächelnd schüttelte Jamie den Kopf. „Also, ja oder nein?"

„Es ist dein Kochwettbewerb."

„Und", sein erhitzter Blick bohrte sich in sie, „ich frage dich nach deiner Meinung."

„Oh." *Reiß dich zusammen, Abbie.* „Nun", sie holte tief Luft, um sich zu beruhigen, „ja. Schließlich servieren wir Bier und Wein, also sollte es klar sein, dass die Bar im Café nichts für Kinder ist."

Ein breites Grinsen nahm sein Gesicht ein. „Na, bitte. Dann gibt es rosa Eichhörnchen."

Abbie nahm noch einen Schluck. „Die sind wirklich köstlich."

„Ja, aber sie hauen wirklich rein, wenn man sie wie Milchshakes trinkt."

„Wird notiert." Abbie salutierte vor ihm. Er wusste nicht warum, denn er war kein Marine wie Frank oder Ethan.

„Das sind die Biere." Jamie hob einen großen Karton unter der Theke hervor und holte nacheinander verschiedene Biersorten heraus. „Nicht alle stammen von Dave, aber ich dachte, wir könnten vielleicht drei oder vier anbieten, zusätzlich zu dem, was wir standartmäßig vom Fass zapfen."

„Denkst du, dass drei oder vier ausreichen?"

Jamies Brauen schossen seine Stirn hinauf. „Denkst du nicht?"

„Nein." Abbie schüttelte den Kopf. „Du solltest Hemingway's in allem übertreffen. Zeige der Stadt ihre Optionen auf."

„Dann lass uns aussuchen."

Es machte Spaß, ihm in seinem Element zuzusehen. Anders als am ersten Tag in der Küche, an dem er sich erst eingewöhnen musste, schenkte Jamie hier hinter der Theke, auch wenn sie nicht wie eine richtige Bar aufgebaut war, jedes Bier mit genau der richtigen Menge Schaum ein.

Bei der fünften Probe entschied Abbie, dass sie jemand anderen mit der Verkostung hätten beauftragen sollen. Da sie kein echter Bierfan waren, begannen sie alle gleich zu schmecken. „Ich denke immer noch, dass meine Favoriten die ersten beiden waren, obwohl ich nicht sicher bin, ob das daran liegt, dass sie so viel besser waren, oder dass die Geschmäcker sich mittlerweile überlagern."

„Die ersten beiden waren leichter. Das letzte war ein dunkles Ale. Nicht jeder mag dunkle Biere."

„Das habe ich gehört." Abbie hob ihr Kinn und zeigte auf den nächsten Karton. „Was ist da drin?"

„Das sind die Weine von Brady." Er stellte ihr eine Flasche hin.

Ihr Blick folgte seinen Bewegungen, als er eine Flasche nach der anderen aus der Schachtel nahm. „Oh, sie machen Pinot Grigio. Das gefällt mir."

„Sie machen auch Pinot Noir. Und natürlich Cabernet." Er hob eine der Flaschen mit dem weißen Etikett hoch. „Und kürzlich haben sie für diesen Chardonnay eine Auszeichnung gewonnen."

„Also vier Standardweine?" Die Glocke über der Eingangstür kündigte einen Besucher an. „Erwartest du jemanden?"

Während Jamie zu Abbies Überraschung den Kopf schüttelte, marschierte Mabel Berkner ins Café. „Deine Tante hat heute Morgen in der Kirche erwähnt, dass ihr beide heute Nachmittag hier arbeiten würdet."

„Ich habe Abbie gerade die Weine von Brady gezeigt." Jamie stellte die Flasche ab und winkte Mabel herein. „Nehmen Sie Platz."

„Danke schön." Mabel machte es sich auf dem Hocker vor Jamie bequem. „Mit Brady werdet ihr gut fahren. Für ihren Pinot Noir und Chardonnay verwenden sie französische Eiche."

Jamie zog überrascht eine Augenbraue hoch und warf Abbie einen verstohlenen Blick zu. Sie hatte auch nicht erwartet, dass die Frau etwas über Weine wusste.

„Weniger Vanillin aus dem Holz", fuhr Mabel fort. „Macht im Laufe der Zeit einen großen Unterschied im Geschmack."

„Möchten Sie ein Glas?", bot Jamie an.

„Nein danke, ich muss Besorgungen machen. Ich habe ein paar Einmachgläser, die ich Eileen geben möchte. Einmachen ist einfach nichts für mich."

„Ich nehme sie heute Abend gerne mit nach Hause, wenn Sie sie hier lassen möchten", bot Jamie an.

„Danke, aber das ist nicht der Grund, warum ich hier bin. Es ist ein schöner Tag für eine Fahrt zur Ranch. Der Grund, warum ich hier bin, ist, dass deine Tante neulich zu mir gekommen ist, um mit mir zu reden. Sie und Sally. Sie haben einige gute Argumente vorgebracht. Ich bin in die Jahre gekommen."

„Wie ein guter Wein", lächelte Jamie.

Mabel lachte. „Wenigstens hast du mich nicht mit Käse verglichen."

Das Farraday-Lächeln strahlte in voller Kraft und der Art und Weise nach zu urteilen, wie Mabel errötete, hatte es selbst auf ältere Damen immer noch eine Wirkung.

„Wie gesagt, ich habe lange dafür gekämpft, dieses County trocken zu halten, aber es ist an der Zeit, dass ihr Jüngeren entscheidet, was ihr für diese Stadt wollt. Für dieses County."

„Alles, was wir wollen", sagte Jamie, „ist das Beste für alle."

„Und das bringt mich zum nächsten Punkt. Deine Tante hat recht. Den Farradays und Berkners lag diese Stadt schon lange vor unserer Geburt am Herzen." Sie deutete mit dem Arm auf die Flaschen auf der Theke. „Du schenkst Bradys Wein aus, holst einen neuen Bierbrauer mit seiner Familie in die Stadt. Ich vermute, du wirst auch lokale Lebensmittel und Gemüse verwenden."

Jamie nickte. „Das ist der Plan. Auch bei den Backwaren haben wir einige Überraschungen parat."

„Will deine Tante Eileen deshalb eine neue Küche?"

„Sie möchte eine neue Küche?", fragte er.

„Eileen hat so etwas erwähnt."

„Wenn sie die neue Küche will, dann nicht zum Backen. Das wird Tonis Domäne sein."

Mabels Gesichtsausdruck hellte auf. „Oh, sie backt wirklich gute Kuchen."

„Ja, das stimmt."

„Nun, das gibt mir ein noch besseres Gefühl bei meiner Entscheidung." Mabel blickte von Jamie zu Abbie und zurück. „Ihr habt meine volle Unterstützung bei der Vergabe der Schanklizenz für das Pub. Ich sehe keinen Grund, ein Unternehmen von außerhalb des Bundesstaates in die Stadt zu holen und es seine gesamten Gewinne aus Tuckers Bluff abtransportieren zu lassen."

Jeder würde denken, dass das Pub ihr gehörte, so irisch wie Abbies Herz bei Mabels Zustimmung schlug.

„Das sind gute Nachrichten." Jamie flog um die

Theke herum und hob Mabel praktisch von ihrem Platz und zog sie in eine riesengroße Umarmung.

Als er sie losließ, wischte die Frau nervös ihre nicht vorhandenen Falten weg. „Ja. Also. Das macht man als Nachbarn nun mal so."

„Ja", stimmte Abbie zu. „Sehr nachbarschaftlich.

Die Türklingel ertönte erneut.

„Anscheinend machen wir bessere Geschäfte, wenn wir geschlossen haben, als wenn wir geöffnet haben", neckte Jamie.

„Scheint so." Abbie hielt den Blick auf die Tür gerichtet und war überrascht, Ian hereinkommen zu sehen.

Jamie winkte ihm zu. „Was führt dich hierher, kleiner Bruder? Weiß Tante Eileen weiß, dass du blau machst?"

Mabels Augen weiteten sich und Abbie platzte fast vor Lachen. Schließlich war Ian so groß wie Jamison. Zwei Männer aus dem gleichen Stoff. Alleine würde jeder in einer dunklen Gasse sehr einschüchternd wirken, zusammen könnten sie sogar ein ganzes feindliches Bataillon abschrecken.

„Ich bin dienstlich unterwegs. Ich bin auf dem Weg zum alten Peterson Trail." Ian nahm neben Mabel Platz. „Ich habe gesehen, dass hier drinnen Licht brennt, und da ich noch ein paar Minuten Zeit habe, dachte ich, ich schaue kurz vorbei."

Jamie runzelte die Stirn. „Stimmt etwas nicht?"

„Eigentlich das genaue Gegenteil." Ian deutete mit dem Finger auf den Wein und das Bier. „Scheint, dass das neue Referendum im County dieselben Auswirkungen auf die Alkoholschmuggler hat, wie das Ende der Prohibition vor einem Jahrhundert. „Man sagt, dass der größte Schwarzbrenner, der sich schon seit Ewigkeiten dem Gesetz entzieht, in den Ruhestand geht."

Mit einem breiten Lächeln gab Jamie Abbie, Mabel

und dann seinem Bruder ein High Five: „Das ruft zur Feier nach einem Drink."

„Ich bin im Dienst." Ian lehnte die ihm angebotene Bierflasche ab. „Bevor du eine Party schmeißt, es gibt Gerüchte, dass es heute eine letzte große Lieferung geben wird. Die State Police und das Sheriff Department haben alle verfügbaren Kräfte mobilisiert, um alle möglichen Nebenstraßen und Trampelpfade abzudecken."

„Warum so ein großer Einsatz, wenn sie in den Ruhestand gehen?", fragte Abbie.

„Vielleicht in West-Texas, aber es besteht immer die Möglichkeit, dass jemand in der Lieferkette einfach weiterzieht und jemand anderem Kopfzerbrechen bereitet."

„Es sei denn, ihr haltet sie auf." Abbie hätte das wissen müssen.

„Dann hol sie dir, Bruderherz." Jamie wollte eine weitere Runde High Fives austeilen, aber stoppte, als er Mabels mürrische Miene sah.

Mabel stand auf. „Ich habe meinen Standpunkt gesagt, ich sollte besser weiterziehen." Sie richtete sich auf und blickte Jamie an. „Lass mich wissen, ob ich noch etwas tun kann, außer dem Stadtrat in den Ohren zu liegen."

„Werde ich." Jamie nickte. „Und vielen Dank."

Mabel eilte zur Tür hinaus, wobei sie in ihrer Handtasche kramte und ihre Schlüssel und ihr Telefon herausholte.

„Habe ich richtig gehört?" Ian beäugte seinen Bruder. „Hast du den Feind bekehrt?"

„Sieht so aus."

Abbie griff nach einem Lappen und wischte die Arbeitsplatte ab. „Was mich fast genauso überrascht, ist, dass sie sich bemüht, sich mit deiner Tante anzufreunden. Soweit ich weiß, hatte diese Frau noch nie wirklich Freunde."

„Es sind schon seltsamere Dinge passiert." Jamie zuckte mit den Schultern. „Aber ich denke, sie wird überrascht sein, dass Tante Eileen auf keinen Fall noch mehr Einmachgläser braucht."

„Einmachgläser?", fragte Ian.

„Ja, Mabel will sich nicht mehr mit dem Einmachen befassen, also spendet sie ihre übriggebliebenen Einmachgläser an Tante Eileen. Ein Friedensangebot, vermute ich."

„Friedensangebot", murmelte Ian, stand auf und ging zum Fenster. Sein Blick richtete sich auf Mabel, als diese den Motor anließ und davonfuhr. Er drehte sich um und sah seinen Bruder an. „Hat sie nicht einen Neffen?"

„Ja", Abbie nickte, „aber er und seine Mutter sind schon vor langer Zeit aus der Stadt weggezogen. Hin und wieder kommt er aber zu Besuch."

„Ich frage mich, was er fährt?" Ian schien eher laut zu denken als eine Frage zu stellen.

„Ich weiß es nicht, aber der Wagen brüllt wie ein hungriger Löwe, wenn er den Motor startet", lachte Abbie.

Ian richtete seinen Blick wieder auf das Fenster und schüttelte den Kopf. „Manchmal macht uns dieses Geschäft zu zynisch. Einen Moment lang dachte ich tatsächlich darüber nach, dass die nette alte Lady unsere Alkoholschmugglerin sein könnte.

Jamie bellte vor Lachen. „Okay, das ist weit hergeholt. Ich meine ..."

„Ja." Ian lächelte. „Ich muss weiter. Wenn alles gut geht, werdet ihr in der Zeitung darüber lesen."

„Viel Glück", rief Abbie ihm nach. Schon kurz nachdem sie in Tuckers Bluff angekommen war, hatte sie von der örtlichen Schwarzbrennerei erfahren. Irgendwie fand sie es ziemlich ungerecht, dass das

Gesetz genau dann, wenn die Alkoholschmuggler beschlossen, in den Ruhestand zu gehen, so große Anstrengungen unternahm, um sie zu stoppen. „Ich weiß, das sollte es nicht, aber sie tun mir irgendwie leid."

„Was meinst du?" Jamie schlich sich neben sie.

„Ich weiß nicht. Ich denke, ein Gesetzesbrecher ist ein Gesetzesbrecher. Aber wäre es nicht etwas, wenn Ians Instinkt richtig läge und die abstinente Mabel das Mastermind hinter dem Alkoholschmugglerring wäre?" Erst als sie sich auf der Stelle umdrehte und gegen Jamies Brust stieß, wurde ihr klar, wie nah er bei ihr gestanden hatte.

„Ja", stimmte er leise zu. Sein Blick heftete sich an ihren und seine Hände fielen sanft an ihre Seite.

Mit stockendem Atem schaffte Abbie es zu nicken, Sekunden bevor Jamies Mund sich auf ihren senkte. Sanft und süß. Es war der zärtlichste Kuss, den sie je bekommen hatte. Aber bevor sie ihre Arme bewegen oder einen Zentimeter näherkommen konnte, zog er sich zurück.

Er lehnte seine Stirn leicht gegen ihre und sein warmer Atem wehte ihr ins Gesicht. „Das hätte ich nicht tun sollen."

Warum nicht, wollte sie fragen. Aber es kam nichts heraus.

„Wie hoch ist die Wahrscheinlichkeit, dass ich aus der Stadt gejagt werde, wenn ich", er holte tief Luft, rührte sich aber nicht, „das noch einmal tune?"

Hatte er wirklich gerade gefragt, ob er sie noch einmal küssen dürfte? Denn wenn sie in dieser Angelegenheit etwas zu sagen gehabt hätte, hätten sie erst gar nicht damit aufgehört.

„Es tut mir leid", flüsterte er und wich einen Schritt zurück.

Ihr wurde klar, dass sie ihre Gedanken nicht

geäußert hatte und ihn mit ihrem Schweigen weggestoßen hatte.

„Wenn ich verspreche", fuhr er fort, „niemals wieder einen Pink Squirrel zu trinken, kannst du mir dann verzeihen?"

War es das? War es das Getränk, das ihn dazu gebracht hatte, sie zu küssen? Lächerlich, ein Mann seiner Größe sollte mit dieser Menge Alkohol umgehen können.

Jamie entfernte sich immer weiter. Sein Gesichtsausdruck veränderte sich von einer spielerischen Entschuldigung zu einer vor Besorgnis triefenden Miene. Er rieb sich mit der Hand den Nacken, holte tief Luft und blickte ihr in die Augen. „Bitte sag mir, dass ich unsere Freundschaft nicht völlig verpfuscht habe."

Freundschaft? Sie war schon viele Male von vielen Menschen geküsst worden. Auf die Wange, auf die Stirn, sogar hier und da ein Küsschen auf die Lippen, und keiner dieser Küsse hatte je so ein Gefühl bei ihr ausgelöst, wie die zu kurze Berührung seines Mundes. Wenn dieser Kuss auf Freundschaft beruhte, dann war ihr Name Scarlett O'Hara.

„Abbie", sagte er leise.

Sie könnte sich sprichwörtlich selbst ins Bein schießen. Oder vielleicht den letzten Nagel in den Sarg der Freundschaft schlagen, aber wenn das bedeutete, etwas Großartige zu bekommen, war das eine Chance, die sie bereitwillig eingehen würde.

„Manchmal", sie ging nahe an sein Gesicht heran, „sind Worte völlig überbewertet."

KAPITEL FÜNFZEHN

Wenn Jamie gestorben und im Himmel wäre, wäre das für ihn vollkommen in Ordnung. Abbie schmiegte sich an ihn und jede Faser seines Körpers geriet in höchste Aufregung. Hatte sich jemals jemand in seinen Armen so vollkommen angefühlt?

In der Ferne ertönte ein leises Husten, gefolgt von einem zweiten, lauteren Husten, das Abbie nach hinten springen ließ.

„Ich wollte nicht stören." Frank stand stark zur Seite geneigt mit einem großen schwarzen orthopädischen Stiefel an seinem verletzten Bein in der Tür. Die Intensität seines Blicks widerlegte jedoch seine Aussage. „Ich bin entlassen worden."

„Frank", quietschte Abbie und eilte an seine Seite. „Entlassen oder ausgebüxt?"

„Würde ich dich anlügen?"

„Ja", sagte sie ausdruckslos, beide Hände in die Hüften gestemmt. „Wenn du denkst, es wäre zu meinem Besten."

Der strenge Ausdruck auf Franks Gesicht wich einem unterdrückten Lachen. „Touché, aber in diesem Fall wurde ich zu diesem Stiefel gezwungen." Frank zeigte auf den klobigen Stiefel an seinem verletzten Bein.

„Das ist ein wunderschöner Stiefel", entgegnete Abbie lächelnd.

„Niemand kann sich über die Gastfreundschaft der Farradays beschweren, aber ich bin bereit, wieder in meinem eigenen Bett zu schlafen.“

Brooks kam herein. „Egal, was er sagt, der Stiefel ist kein Ticket dafür, den ganzen Tag in der Küche zu stehen.“

Jamie war sich ziemlich sicher, dass er Franks Knurren hörte.

„Nur kurze Sprünge“, ermahnte Brooks.

Abbie drehte sich zu Brooks um. „Was meinst du mit *kurze Sprünge*?“

„Zwanzig Minuten auf den Beinen. Dreißig maximal. Dann muss er den Fuß ein bisschen hochlagern.“ Brooks starrte Frank eindringlich an, was bei Jamie den Eindruck erweckte, dass es sich dabei um eine alte Diskussion handelte.

„Ich kann helfen“, beharrte Frank.

„Nicht in der Küche“, entgegnete Brooks. „Noch nicht.“

Frank verdrehte die Augen. „Das Rumkommandieren liegt in der Familie.“

„Danke.“ Brooks warf ihm ein breites Grinsen zu und drehte sich zu Abbie um. „Ich bringe ihn jetzt nach Hause. Wenn er versucht, die nächste Woche mehr als nur Kunde zu sein, lass es mich wissen.“

„Verstanden“, sagte Abbie.

„Lass mich wenigstens sehen, was dein Verwandter mit meiner Küche gemacht hat.“

Brooks blickte auf seine Uhr. „Okay, aber schnell. Toni und das Baby warten im Auto auf mich.“

„Warum lässt du Frank nicht hier?“, schlug Jamie vor. „Ich kann ihn später nach Hause fahren.“

Brooks musterte seinen Cousin und wandte sich dann an Frank. Der offizielle Café-Koch nickte und Brooks blickte Jamie an. „Ich schätze, er gehört ganz dir. Viel Glück damit, ihn vom Rumturnen abzuhalten.“

„Mach dir da keine Sorgen", versicherte Abbie. „Ich bin vielleicht kein Marine, aber ich habe lange genug mit einem gearbeitet, um zu wissen, wie das gemacht wird."

Frank unterdrückte ein Stöhnen.

„Wir haben Irish Stew, Corned Beef und Kohl auf dem Herd. Soll ich eine Kostprobe aufwärmen, bevor du die Inspektion durchführst?"

„Ich hätte nichts gegen eine Kostprobe. Oder dagegen, einen Blick auf diese neue Speisekarte zu werfen."

„Die ist für den Kochwettbewerb nächste Woche." Jamie stellte Frank ein Gedeck auf den Tresen.

„Davon habe ich gehört."

„Oh", Abbie blieb an der Küchentür stehen, „du solltest den Dip für die Pommes probieren. Klingt eklig, wenn man hört, dass er auf Mayonnaise basiert, aber er schmeckt wirklich gut."

„Mayonnaise?" Franks Lippen verzogen sich nach unten.

„Wie sie schon sagte", Jamie zeigte über die Schulter auf Abbies verschwindenden Rücken, „er schmeckt wirklich lecker."

Frank nickte und beobachtete, wie die Schwingtüren wackelten. Als sie fest verschlossen waren, richtete er seinen Blick auf Jamie. „Wie lange geht das schon?"

„Das?" Jamie hoffte, dass sich *das* auf etwas Harmloses wie den Kampf um die Schanklizenz bezog.

„Sei nicht so begriffsstutzig. Es dauert nicht lange, bis sie zurückkommt. Das war ein verdammt guter Kuss."

Jamie konnte nicht verhindern, dass sich bei der Erinnerung seine Lippen verzogen. Das war er wirklich. Aber der Kuss ging Frank nichts an. „Wieso interessiert dich das?"

„Dieses Mädchen ist mir wichtig. Sehr." Frank

musste die Frage in Jamies Augen gesehen haben, denn er fuhr schnell fort: „Vielleicht ist sie nicht meine leibliche Tochter, aber in jeder anderen Hinsicht ist sie es. Wir kennen uns schon ewig. Haben mehr durchgemacht als die meisten anderen."

„Ich weiß."

Seine buschigen Brauen schossen in die Höhe. „Sie hat es dir erzählt?"

Jamie nickte.

„Alles?"

„Über diesen Verrückten und das Messer? Ja."

„Ich verstehe." Frank begann, den Löffel zu drehen, den Jamie ihm hingelegt hatte.

Jamie widerstand dem Drang, sich mit irgendetwas anderem zu beschäftigen. Frank versuchte ihn einzuschätzen und das wusste er. Und aus irgendeinem unerklärlichen Grund wollte Jamie diese Prüfung unbedingt bestehen.

„Du magst sie."

Es war keine Frage, aber Jamie nickte trotzdem. „Jawohl."

„Sehr."

Darüber musste er nicht nachdenken. Das hatte er bereits selbst herausgefunden. „Jawohl."

„Genug, um dein Leben für sie zu riskieren?"

Ohne zu blinzeln, nickte Jamie. „Ich würde für sie töten."

„Das würde ich auch tun." Frank legte den Löffel beiseite. „Du bist in sie verliebt?"

„Ja ich –" Jamie brach mitten im Satz ab. Die Worte wurden klarer. Nicht die der Fragen, sondern die seiner Antwort. Als reflexartige Reaktion auf all seine bejahenden Aussagen, musste er innehalten. Er ließ die letzten paar Wochen in Gedanken Revue passieren. Dachte daran, wie sich sein Herzschlag veränderte, wenn sie in seiner Nähe war, wie ihr Lächeln ihn dazu brachte, ebenfalls lächeln zu wollen, wie ihr Lachen ihn seine Sorgen vergessen ließ, wie ihn der heftige Drang überkam, sie zu beschützen, wenn sich bei ihr auch nur die kleinste Abweichung ihrer Routine zeigte.

Die Türen schwangen auf und Abbie trug zwei Schüsseln herein, wobei sie kurz langsamer wurde, um ihm zuzuzwinkern.

Sein Magen machte einen Salto und er lächelte so breit, dass er dachte, sein Gesicht könnte platzten. Er erwiderte ihr Zwinkern und erhaschte dann einen flüchtigen Blick auf den mürrischen Marine, der ihm zunickte. Verdammt. Er hatte sich Hals über Kopf in seine vorübergehende Chefin verliebt.

„Hört sich an, als hättest du alles durchgeplant." Frank kletterte auf den Beifahrersitz von Jamies Truck.

„Wenn man bedenkt, wie schnell das Ganze geplant werden musste, glaube ich nicht, dass wir etwas vergessen haben." Da sie heute Abend als Erste abgesetzt werden würde, entschied sich Abbie für den Rücksitz. Sie schnallte sich an und bemerkte dabei, wie Frank und Jamie sich mit bloßen Blicken verschlüsselte Nachrichten sendeten. Zuerst dachte sie, Frank wäre sauer auf Jamie. Frank hatte kaum gute Worte verloren, aber auch keine schlechten. Wenn Frank keine Kritik äußerte, war das dasselbe wie ein Kompliment. Und er hatte nicht eine einzige Sache kritisiert, die Jamie in der Küche getan hatte. Doch die meiste Zeit schien Frank Jamie zu tadeln. Aber sie war sich nicht sicher. Erst als sie bemerkte, dass Jamie gelegentlich sein Kinn neigte oder tief Luft holte, wurde ihr klar, dass die Männer tatsächlich miteinander kommunizierten. Sie wartet fast darauf, dass einer von ihnen auf etwas pinkelte und sein

Revier markierte.

„Wahnsinnig nett von Meg, einzuspringen und zu helfen. Ich meine, sie hat ihr eigenes Geschäft zu führen", sagte Frank.

„Wenn Shannon, Donna und ich das alleine schaffen, dann kann Meg woanders einspringen, aber wir haben alle darüber gesprochen und waren der Meinung, dass es am besten wäre, vier Kellnerinnen zu haben, um eine ständige Bewegung zu gewährleisten."

„Glaubt ihr wirklich, dass viele Leute kommen werden?", fragte Frank.

„Chase hat einen Flyer im Futtermittelladen aufgehängt, und die anderen Ladenbesitzer haben dasselbe getan. Viele Leute, die nur einmal im Monat zum Einkaufen oder für Dienstleistungen in die Stadt kommen, haben versprochen, vorbeizuschauen."

„Viele ist subjektiv." Frank blickte Abbie über die Schulter an. „Ich hatte nicht erwartet, dass du eine so große Rolle dabei spielen würdest."

„Es hat Spaß gemacht. Mehr Spaß, als ich gedacht hätte."

„Wie ich sehe, machst du dir keine Sorgen mehr?"

„Nein. Ich bin überzeugt." Abbie warf ihrem Koch und Freund ein breites Grinsen zu. Eines, das ihn immer zum Kopfschütteln und Lächeln brachte. Nur dieses Mal schüttelte er nur den Kopf. Etwas störte Frank und Abbie glaubte nicht, dass es etwas mit seinem Fuß zu tun hatte.

Ein paar Meter vor Abbies Haus entfernt flitzte ein kleiner, flauschiger Blitz über die Straße, weswegen Jamie auf die Bremse treten musste.

„Versuchst du jetzt, auch noch den Rest von mir kaputtzumachen?", bellte Frank.

„Hast du das nicht gesehen?", fragte Jamie.

Franks verzog das Gesicht. „Was gesehen?"

„Da", rief Abbie und zeigte auf den Welpen, der

ruhig auf dem Bordstein auf der anderen Straßenseite saß.

„Ihr zwei wartet hier eine Minute, lasst mich ihn holen. Vielleicht finden wir ein für alle Mal heraus, wem dieser Welpe gehört", sagte Jamie.

„Ich kann helfen." Abbie griff nach der Klinke, aber Jamie winkte ab.

„Er scheint mich zu mögen. Das sollte nicht lange dauern."

Abbie nickte und sah ihm zu, wie er über die Straße stolzierte. Himmel, dieser Mann wusste, wie man geht.

„Du magst ihn."

Der Klang von Franks Stimme zog ihre Aufmerksamkeit von dem Mann, wegen dem sie praktisch sabberte. „Er ist ein netter Kerl. Alle Farradays sind das."

„Ja, aber man sieht nicht alle Farradays so an, wie du ihn ansiehst."

„Oh, und wie sehe ich ihn an?"

„Als wäre er der letzte Eisbecher auf dem Planeten und noch dazu der Einzige mit extra Schlagsahne."

War sie wirklich so leicht zu durchschauen? Dachte die ganze Stadt, dass sie Jamie so ansah? „Tue ich nicht." *Gut gemacht, großes Mädchen.* Sie könnte sich genauso gut auf den Boden werfen und mit den Füßen stampfen wie eine Dreijährige.

Dieses Mal lächelte Frank. „Mach dir keine Sorgen. Niemand sonst kennt dich so gut wie ich. Ich kann mich nur einfach nicht entscheiden, ob es eine gute Sache ist, sich in einen Farraday zu verlieben, oder nicht."

„Sich verlieben." Sie warf einen Blick aus dem Fenster auf Jamie, der am Boden lag, den Welpen im Arm hielt und ihn hinter den Ohren kraulte. Ihr Herz schwoll an und ihr Magen zog sich zusammen. Sie konnte fast nicht atmen. Fühlte es sich so an, sich zu verlieben? Der Welpe leckte Jamies Gesicht und brachte ihn zum Lachen, und ihr Herz machte Luftsprünge. Wen wollte sie veräppeln? Sie war definitiv Hals über Kopf in diesen Mann verliebt. Und wäre es nicht schön, wenn er der Erste wäre, der es erfährt, und nicht die halbe Stadt? „Wie kommst du darauf, dass ich verliebt bin?"

Frank lachte etwas heftiger. „Ihr zwei passt wirklich gut zusammen. Hier kommt der irische Cowboy. Mit diesem verdammten Hund. Ich hätte es wissen müssen, als sich dieser verdammte Welpe an den Mann gekuschelt hat."

Die gegenüberliegende Hintertür öffnete sich und Jamie setzte den mit dem Schwanz wedelnden Welpen hinein. „Sobald ich Frank nach Hause gebracht habe, bringe ich diesen kleinen Kerl zu Adam. Mal sehen, ob wir herausfinden können, wem er gehört." Kaum hatten die Worte seinen Mund verlassen, leckte ihm der kleine Kerl über die Hand, hüpfte von der Sitzbank und sprang aus dem Truck. Bevor Jamie auch nur daran denken konnte, ihn aufhalten, war er verschwunden. „Mist."

Frank schnaubte leise. „Er wird wiederkommen. Wenn ich ihr wäre, würde ich mich langsam auf Haussuche begeben."

Ihre Gedanken wanderten zu Visionen von einem Haus, einem Hund und Jamie an ihrer Seite. Wäre es nicht wundervoll, wenn dieser Traum wahr werden würde?

KAPITEL SECHZEHN

eit das Café am Freitagabend frühzeitig geschlossen wurde, war die gesamte Küche bis auf den letzten Zentimeter ihres Edelstahllebens geschrubbt worden. Zusammen mit dem Reinigungsteam, das vorbeigekommen war und jeden Winkel des Cafés vom letzten Körnchen Staub befreit hatte, waren fast alle Farraday-Geschwister von der einen oder anderen Seite der Familie vorbeigekommen, um ihren Beitrag zu leisten.

Heute Morgen gab es außer den letzten Dekorationen und der Vorbereitung des Parkplatzes nur noch wenig zu tun.

Jamie musterte die Banner, die von der Decke hingen. Zu aufgeregt und ängstlich zum Schlafen, hatte er heute Morgen um vier Uhr aufgegeben, sich auszuruhen, und war aus dem Bett gesprungen. Um kurz vor sechs Uhr war er dann im Café angekommen. Er hätte nicht so überrascht sein sollen, dass Abbie nur ein paar Minuten nach ihm zur Tür hereingekommen war.

Gemeinsam hatten sie das Banner *So schmeckte Tuckers Bluff* aufgehängt und die To-Do-Liste noch einmal und dann noch ein weiteres Mal überprüft, um sich auf die Ankunft von Crocker vorzubereiten.

Mit einem Bündel karierter Plastiktischdecken in den Armen kam Abbie aus dem Lagerraum. In den letzten Tagen hatte er sich wie ein Teenager auf der

High School gefühlt. Ängstlich, aufgeregt und nervös bei etwas so Einfachem wie ein paar Sekunden Abbies Hand zu halten oder ihr einen kaum wahrnehmbaren Kuss auf die Lippen zu geben. Da heute so viel zu tun war, hatten sie diesen einen besonderen Kuss aber nicht wirklich besprochen. Irgendwie wusste er jedoch, dass sie, sobald die Schanklizenzsache erst einmal geklärt war, genügend Zeit haben würden, um noch viel mehr zu tun, als nur über diesen Kuss zu reden. Und darauf freute er sich wahnsinnig.

Sie schob sich neben ihn. „Die Kinder haben einen großartigen Job geleistet."

„Besser als großartig." Die Kunstabteilung der High School hatte farbenfrohe und kreative Beschilderungen für alles entworfen, angefangen bei den Speisekarten bis hin zum großen O'Fearadaigh's-Banner, seinem persönlichen Favoriten. Wenn das Pub öffnete, müsste er dafür ein dauerhaftes Zuhause finden. *Falls* das Pub öffnete.

Die Eingangstür flog auf und Sally Mays Stimme dröhnte über die Schwelle. „Du hast was getan?" Die sichtlich genervte Frau drehte sich um und starrte seine Tante böse an.

„Oh, oh." Abbie senkte ihre Stimme. „Entweder ist deine Tante der französischen Fremdenlegion beigetreten, oder, was ich eher vermute, Sally May hat heute zum ersten Mal von ihren Plänen bezüglich des Herrn Stadtrats hört."

Eileen verdrehte die Augen und stieß einen Seufzer aus. „Oh, mach dir nicht ins Höschen. Ich habe nicht versprochen, dass du den Mann heiraten wirst, nur, dass du dich mit ihm zum Abendessen triffst."

„Seit wann machst du meine Dates für mich aus?"

„Wann warst du denn zum letzten Mal zum Abendessen verabredet?"

Sally May knurrte und Jamie wäre fast abgebrochen, als sie sich umdrehte, sich nach vorne beugte und seiner Tante wie ein kleines Kind die Zunge herausstreckte, bevor sie in seine Richtung stürmte und über ihre Schulter rief: „Mit diesem alten Kauz gehe ich nicht auf ein Date."

„Er ist jünger als du und es ist kein Date, es ist ein Abendessen."

„Alles dasselbe." Sally May winkte ihrer Freundin ruckartig zu und stapfte näher an die Theke heran, wo Jamie und Abbie standen. „Mit diesem Mann gehe ich nirgendwo hin."

Tante Eileen beschleunigte, um mit der Frau Schritt zu halten, die einige Zentimeter größer war als sie. „Nicht einmal ins O'Fearadaigh's?"

Das reichte aus, um Sally May abrupt stillstehen und sich umzudrehen zu lassen. „Wovon redest du?"

„Sehe ich aus wie eine senile Idiotin?"

Sally May zog eine Augenbraue hoch, antwortete aber nicht.

„Egal. Ich dachte, es wäre zu wenig Zeit dafür, herauszufinden, wer im Rat wirklich für oder gegen uns ist, *und* sie davon zu überzeugen, warum unser Pub gut für diese Stadt ist. Dann fiel mir ein, wie ich Anfang der Woche mit Meg sprach. Warum lassen wir *ihn* nicht alle für uns überzeugen? Wenn er das Abendessen mit dir unbedingt will, wird er Himmel und Hölle in Bewegung setzen, damit der Rat klarer sieht."

Sally Mays vor Wut steifen Schultern lockerten sich langsam, während sie gleichmäßig ausatmete. „So sehr ich es auch hasse, es zuzugeben, das ist keine schlechte Idee."

Jamie unterdrückte ein Lachen, beugte sich zu Abbie und murmelte: „Eins zu Null für Tante Eileen."

„Ist auf jeden Fall besser als sie auszuspionieren." Abbie drückte seinen Arm und ging dann kopfschüttelnd weg.

So verantwortlich, wie er sich für Franks Sturz auf dem Gelände des künftigen Pubs gefühlt hatte, so schuldig fühlte er sich jetzt dafür, dass Sally May als Schachfigur für die Zukunft des Pubs missbraucht wurde. So sehr, dass er und Abbie, seit sie von den Plänen seiner Tante gehört hatten, Möglichkeiten gesucht hatten, Sally Mays Date mit dem Stadtrat zu verhindern. Angefangen damit, Tante Eileen das Ganze abblasen zu lassen, bis hin zu der Idee, den Stadtrat und Sally May auf ihrem Date wie ein paar lästige kleine Kinder zu verfolgen, um ihm eine Lektion über Respekt vor Frauen zu erteilen, sollte er Sally May auch nur mit dem kleinen Finger unangemessenen berühren.

Tante Eileens Streit mit Sally May schien aber zumindest vorerst hinter ihnen zu liegen, und sie blickte zu ihm auf. „Wann kommen die Leute von Hemingway's an?"

„Jede Minute. Die Küche ist startklar. Auch Dave ist bereit." Jamie zeigte mit dem Arm durch das Café. „Ich habe hierbei wirklich ein gutes Gefühl."

Seine Tante legte ihren Arm um seine Taille und lehnte sich an ihn. „Das habe ich auch. Das habe ich auch."

„Sechs Corned-Beef, sechs Irish Stew", rief Shannon Jamie hinter der Theke auf der Farraday-Seite der Küche zu, belud ein Tablett, drehte sich um neunzig Grad und eilte zur Hemingway's-Seite. „Zwei vegane Burger, ein Auberginen-BLT."

Es verwirrte Jamie immer noch, dass irgendjemand ein Auberginen-BLT probieren wollte. Und wie man das Sandwich ohne Bacon überhaupt als BLT bezeichnen konnte, entzog sich ihm völlig.

„Ich bin hier, um dich zu ersetzen." Toni eilte direkt zum Schürzenständer an der Rückwand. „Es ist unglaublich viel los. Selbst mit den Tischen auf dem Parkplatz reicht die Schlange bis um die Ecke. Ich glaube, das ganze verdammte County ist aufgetaucht. Alle Geschäfte haben ihre Türen geöffnet und die Schilder mit dem Verbot von Essen und Trinken entfernt. Die Leute laufen die Straße auf und ab. Der Supermarkt hat auf dem Bürgersteig einen Stand aufgemacht und verkauft Eis am Stiel. So etwas habe ich noch nie gesehen."

Jamie war noch nie so glücklich gewesen, aus einer großen irischen Familie zu stammen, in der es üblich war, doppelt so viel zu kochen, wie nötig war. Er war auch überglücklich, dass er immer, wenn seine Tante den Kopf geschüttelt und *nicht genug* gesagt hatte, zuhört und mehr Zutaten gekauft hatte, als er für nötig gehalten hätte. „Ich gebe zu, ich könnte die Hilfe gebrauchen."

„Ich bin nicht hier, um zu helfen. Sondern, um dich zu ersetzen." Toni band die Schürze um ihre Taille. „Die großen Nummern von Hemingway's sind da draußen und umgarnen die Leute, also solltest du das auch tun. Nicht, dass nicht alle Farradays gute Arbeit leisten, aber du bist das Gesicht des O'Fearadaigh's."

Er hatte alle Hände voll zu tun, um mit den Bestellungen Schritt zu halten. Er konnte Toni nicht guten Gewissens allein in der Küche zurücklassen.

„Was dauert hier so lange?" Becky stürmte in die Küche, dicht gefolgt von Donna.

Donna eilte an Becky vorbei. „Adam und Connor bauen draußen ein Zelt auf, das die Schwestern gespendet haben. Hätten wir schon vor Stunden gebrauchen können. Ihr müsst schneller machen, sonst bekommen wir nie alle satt."

„Ich glaube, ich sehe das Problem." Becky eilte zu den Schürzen und schnappte sich eine. „Ich werde Toni helfen", sie blickte Jamie an, „du schaffst deinen Hintern da raus und machst dein Ding. Und sag Catherine, sie soll reinkommen und sich auch eine Schürze schnappen. Connor kann Stacey im Auge behalten."

„Oder Ethan. Er hat Brittany-Dienst. Stacey kann ihm wahrscheinlich helfen. Ich liebe den Kerl, aber er unterschätzt, wie schnell ein Kleinkind rennen kann, wenn es weiß, dass man nicht hinschaut."

Dorothy erschien halb drinnen und halb draußen in der Tür. „Braucht ihr noch mehr Hände?"

„Ja." Toni deutete auf die Anrichte. „Hilf Donna, die Probierteller rauszubringen. Sie bauen draußen eine Station auf."

„Ja, Ma'am." Dorothy salutierte, belud ein leeres Tablett und eilte los. „Das ist so aufregend."

Die Frauen sausten umher wie eine Armee gut organisierter Ameisen. Die Mitarbeiter von Hemmingway's sahen mit glasigem Blick zu. Sie waren weiterhin beschäftigt, aber nicht annähernd so gestresst wie Jamie und seine Familie. Auch ohne zusätzliche Hilfe konnten die Mitarbeiter von Hemingway's mühelos ein paar Hände entbehren, um ihre Probeteller zur neuen Außenanlage zu transportieren. So verrückt der Tag auch war, dieser Zusammenhalt war der Grund, warum er unbedingt nach Hause ziehen wollte. Familie war mehr als nur Blut, sie war alles.

„Okay." Abbie kam in die Küche und war für einen Moment erstaunt wegen der zusätzlichen Leute. Anscheinend hatte sie den Ansturm der neuen Helfer nicht mitbekommen. „Äh, Dave möchte, dass du nach draußen zur Bar kommst, wenn du kannst."

„Stimmt etwas nicht?" Alles lief so gut, dass irgendetwas schiefgehen musste. Er hoffte nur, dass was auch immer es war, leicht zu reparieren war. Und vor allem schnell.

Sie schüttelte den Kopf. „Ganz im Gegenteil. Die Pink Squirrels sind ein Hit. Andererseits leistet der verrückte Drink, den Hemingway's serviert und der wie ein Weihnachtsbaum leuchtet, gute Arbeit dabei, die Kinder zu unterhalten, aber es fällt ihnen schwer, die Erwachsenen davon zu überzeugen, ihn zu trinken. Sie haben das gleiche Problem mit dem Drink, der über Trockeneis gegossen wird."

Wie kamen sie auf so eine verrückte Idee? Jamie war nicht überrascht, dass die protzigen Drinks nicht so viel Begeisterung auslösten, wie Crocker und Hemingway's höchstwahrscheinlich erwartet hatten. Die Leute vom Land mögen es einfach. Auch wenn sie etwas Besonderes wollten, möchten sie es immer noch einfach.

„Geh." Toni scheuchte ihn weg. „Wir schaffen das auch ohne dich."

„Ja. Geh", wiederholte Becky.

Die Neugier hatte ihn schon seit Stunden übermannt. „Okay. Wenn ihr etwas braucht, pfeift einfach."

„Verstanden", antwortete Becky und winkte ihn erneut davon.

Als Jamie hinauseilte und durch die großen Fenster blickte, landete sein Kiefer fast auf dem Boden. Der Bürgersteig war voller Menschen. Einige standen in einer Schlange, andere liefen herum. Die Szene erinnerte ihn an eine Großstadt wie New York oder San Francisco. Der Unterschied – all diese Leute lächelten. „Glaubst du, es liegt am kostenlosen Essen?"

„Es ist nicht kostenlos", sagte Abbie, während ihr Blick auf die Menschen gerichtet war, die draußen fröhlich umherschlenderten, lachten und plauderten.

„Wann ist das passiert?" Die Kosten sollten sie tragen.

„Heute Morgen, als sich vor unserer Eröffnung überall in der Stadt Menschenmassen bildeten, befürchtete der Stadtrat, dass es deswegen zu einer Art Aufstand kommen könnte. Hemingway's Führungspersönlichkeiten diskutierten mit deinem Vater und Onkel Sean, dass das nicht ihre Absicht gewesen war. Doch da weder in der Werbung noch in den Einladungen ein Preis erwähnt worden war, verloren sie den Streit. Alle waren sich jedoch einig, dass der Erlös dem Krankenhaus zugutekommen sollte."

Jamie nickte und blickte sich um. „Nun, die Leute scheinen darüber nicht verärgert zu sein."

„Warum sollten sie? Es ist für einen guten Zweck und sie haben Spaß." Abbie lächelte ihn an. „Alles wegen dir."

Die Art und Weise, wie ihre Augen funkelten, als sie ihn anblickte, ließ alles andere auf der Welt verschwinden. Fast. Wenn dies nicht einer der wichtigsten Tage seines Lebens wäre und sie sich an einem öffentlichen Ort befänden, hätte er jeden um sich herum ignoriert und sie in einen überwältigenden Kuss gezogen. Er hatte sich schon fast nach vorne gebeugt, als von der Straße der Text von *Danny Boy* erklang. „Was ist das?"

Abbie kicherte. „Ich glaube, jemand hat deiner Mutter und deiner Tante ein Mikrofon gegeben."

„Oh Gott." Zumindest konnten beide die Töne halten.

Draußen hatte sich eine Menschentraube um seine Mutter und seine Tante gebildet. Den Bürgern gefiel es. Und seiner Familie auch. Seine Tante sah absolut glücklich aus und erinnerte ihn an das, was seine Cousins über Fotos von ihren Gesangsauftritten gesagt hatten. Die Art und Weise, wie sie das Mikrofon hielt, es je nach Ton näher oder weiter von ihrem Mund entfernte, die Art und Weise, wie sich ihr freier Arm bewegte. Es war nicht schwer zu glauben, dass sie einmal eine professionelle Sängerin gewesen war.

Als er das Café verließ, eilte Catherine an ihm vorbei und rief ihm zu, er solle sicherstellen, dass Ethan ein Auge auf beide Kinder warf.

„Wird gemacht", antwortete er. Vor ein paar Jahren trauerten seine Mutter und seine Tante über fehlende Enkelkinder, und jetzt waren überall kleine Kinder. Ja, nichts ging über die Familie.

„Da bist du ja." Dave grinste ihn von hinter der provisorischen Bar an. „Bist du sicher, dass wir mitten im Nirgendwo von West-Texas sind?"

Jamie musste lachen. „Wenn du ein Mädchen in roten Rubinpantoffeln siehst, die einen kleinen Hund trägt, lautet die Antwort: Nein, ich bin mir bei gar nichts sicher."

Dave brach in schallendes Gelächter aus und seine Frau stieß ihn mit dem Ellbogen an. „Später lachen, jetzt servieren."

„Ja, Ma'am." Dave nickte und reichte einem Kunden zwei seiner hellen Biere.

„Gibt es einen Favoriten?", fragte Jamie.

„Nicht wirklich", Dave zuckte mit den Schultern, „aber wir halten mit den bekannten Marken Schritt. Das ist sehr gut."

„Großartig. Genau das, was ich hören wollte."

„Das Überraschende ist, dass wir eine ganze Menge Stout ausschenken."

Das brachte Jamie zum Lachen. Ein Ire blieb ein Ire, egal wo er lebte, und es lebten viele irische Familien im County.

„Oh nein", schrie rechts von Jamie eine alarmierte Stimme.

Zwei große Hunde galoppierten über die offene Fläche am hinteren Ende des Parkplatzes. Er rannte in diese Richtung und suchte kurz die Umgebung ab. Es ergaben sich zwei mögliche Szenarien: entweder wollten die Tiere zu dem neu aufgebauten Zelt, wo Ethan ein großes Stück Corned Beef schnitt, oder sie verfolgten das Trio kleiner Mädchen, das abseits spielte. Er betete zum Himmel, dass es das Rindfleisch war.

Jamie war nur noch wenige Meter von den Kindern entfernt, als neben ihm ein lautes Krachen zu hören war. Der eine Hund war in die entgegengesetzte Richtung abgebogen und knurrte nun einen Welpen an, der eine mit Tellern beladene karierte Tischdecke hinter sich herzog, die er erfolgreich von einem Tisch geklaut hatte. Wenn Jamie sich nicht täuschte, war es *der* Welpe.

Der andere große Hund sprang in die Luft und wollte sich auf ... einen weiteren Welpen stürzen? Dieser – der *dem* Welpen verdammt ähnlich sah – hatte es auf Ethan oder das Corned Beef oder ... die Mädchen abgesehen. Aber es war nicht der Welpe, der Jamie Angst machte, sondern das riesige Tier, das auf sie alle zustürmte.

Von der anderen Seite des Parkplatzes pfiff Adam und rief: „Achtung.“

Sein Blick wanderte von dem knurrenden Hund auf der anderen Straßenseite, der mit voller Geschwindigkeit auf ihn zukam, zu Ethan, auf dessen Gesicht sich große Besorgnis abzeichnete, während er sein Fleisch und Besteck fallen ließ, sich umdrehte und umsah. Brittany und seine Nichte Stacey liefen im Kreis vor einem Welpen davon. Ein dritter Welpe. *Verdammt, wie viele Hunde gab es noch?*

Der große graue Hund landete mit einem dumpfen Knall, weniger als dreißig Zentimeter vor der kleinen Brittany. Jamies Herz machte einen Satz. Er stürzte sich auf seine Nichte, schlang seine Arme um sie und drückte sie fest an seine Brust. Die nackte Haut seiner

Arme kratze über den Beton und er blieb mit dem Rücken zu dem wütenden Wolf liegen.

„Was zum Teufel?", schrie Ethan.

Adam kam auf ihn zugeflogen. „Geht es dir gut?"

Eine sanfte Berührung klopfte ihm auf den Rücken, gefolgt von einer kalten, feuchten Nase, die sich in seinen Hals bohrte.

„Kann ich meine Tochter zurückhaben?" Ethans Ton ließ keinerlei Besorgnis erkennen.

Während er sich langsam umdrehte und darauf bedacht war, seine jetzt weinende Nichte zu beschützen, falls die Hunde immer noch eine Bedrohung darstellten, ignorierte Jamie das Brennen seiner Arme. Er blickte in die Gesichter der Menschen um sich herum, die ihn anstarrten, als hätte er den Verstand verloren.

„Komm zu Daddy, Prinzessin." Ethan legte seine Hände um sein kleines Mädchen und hob sie in seine Arme. „Es ist alles in Ordnung. Onkel Jamie hat nur ein dummes Spiel gespielt."

Adam zeigte auf das große, wolfsähnliche Tier, das ein paar Meter entfernt von ihm saß. Auf der einen Seite saß ein Welpe mit einem Stück Corned Beef zu seinen Füßen, und auf der gegenüberliegenden Seite kämpfte ein anderer Welpe mit einer offenen Ketchupflasche und wedelte mit dem Schwanz. „Ich nehme an, dass du Gray noch nie getroffen hast?"

„Gray?" Jamie überprüfte noch einmal, ob das sanft dasitzende Tier dasselbe war, das es auf die kleinen Mädchen abgesehen hatte. „Das ist das Haustier von jemandem?"

„Nicht ganz", antwortete Ethan lachend.

Der andere Hund, der den Welpen angeknurrt hatte, der sich das Tischtuch geschnappt hatte, kam und setzte sich neben den Hund, den Adam Gray nannte. Wenn Jamie es nicht besser wüsste, hätte er schwören können, dass die beiden Hunde lächelten. Er glaubte auch zu sehen, wie sie ihm zunickten. Er stand auf, klopfte sich den Staub von seiner Jeans und lächelte der Menge zu, die sich versammelt hatte. „Tut mir leid, Leute, bitte genießt weiter euer Essen.“

Er machte einen Schritt nach vorne, um zu überprüfen, ob einer der Welpen *der* Welpe war, als sein Fuß auf einer Ketchuppfütze wegrutschte. Bevor er das Gleichgewicht wiedererlangen konnte, stieß der dritte Welpe, der die Plastiktischdecke wie einen Superman-Umhang hinter sich herzog, gegen ihn und zog sein anderes Bein unter ihm weg. Wie in einem Zeichentrickfilm sausten seine Füße nach oben und sein Gesäß nach unten. Der Gedanke, dass er Abbie hätte küssen sollen, als er die Gelegenheit dazu gehabt hatte, schoss ihm durch den Kopf, Sekunden bevor sein Schädel auf den Boden aufschlug und ihm schwarz vor Augen wurde.

KAPITEL SIEBZEHN

Beladen mit einem vollen Tablett, stieß Abbie die Tür zur Küche auf und drängte sich ins Café. Sie war überrascht, die Hälfte der Kunden murmelnd an den Fenstern zu erblicken.

„Schau dir diese Zähne an!", rief eine Stimme.

Eine andere rief: „Das Baby!"

Als eine dritte schrie: „Das Tier wird ihn bei lebendigem Leib auffressen", reichte Abbie Shannon das Tablett.

„Weißt du, was los ist?", fragte sie.

Shannon zuckte mit den Schultern. „Nein, etwas mit einem Wolf."

„Wolf?" Abbies Stimme steigerte sich um mehrere Oktaven. Kein Wunder, dass sich die Hälfte der Gäste am Fenster versammelt hatte. Schaulustige waren weder in Großstädten noch in Kleinstädten etwas Neues. Aufgeregt stürmte sie zur Tür. „Ich werde mir selbst ein Bild davon machen, was los ist."

„Ich würde mir keine Sorgen machen", rief Donna ihr zu. „Jamie kümmert sich drum."

Die Worte *Jamie* und *Wolf* so nahe beieinander ließen Abbie doppelt so schnell aus der Tür eilen, wie sie beabsichtigt hatte. Sie raste um die Ecke, vorbei am neuen Essenszelt, und drängte sich durch die gaffende Menge. Als ihr Blick auf Jamie landete, der ausrutschte und stürzte, blieb ihr Herz einen Augenblick lang stehen. Als er flach auf dem Rücken landete, konnte sie den Schrei nicht unterdrücken, der tief aus ihrer Lunge drang.

„Brooks!", schrie einer der Farradays. Kein ruhiger *Brüderchen*-, sondern ein eindringlicherer *Wo-zum-Teufel-bist-du*-Ton.

Jemand in der Menge schrie: „Er blutet". Abbies Blick landete sofort auf der großen roten Pfütze neben seinem Kopf.

Diesmal war es Jamies Name, der aus ihrer Kehle drang, als sie beinahe über die herumstehenden Leute sprang. Sie ließ sich neben ihm auf den Boden fallen und bemerket seine blasse Haut und die Pfütze um ihn herum. Sie bestand nicht aus Blut, sondern aus Ketchup. Erst als sie sah, wie seine Augenlider flatterten, holte sie erneut Luft. Trotzdem öffnete er nicht wirklich die Augen, was ihr noch mehr Sorgen bereitete.

Adam kniete sich nieder und legte eine Hand auf der Schulter seines Cousins. „Kannst du mich hören, Jamie?"

Tränen schossen ihr in die Augen. „Jamie", sagte sie zitternder, als sie beabsichtigt hatte. Ihre Hand streichelte sanft seine Wange. „Tu mir das nicht an."

Seine Augenlider zuckten erneut.

Mit beiden Händen umfasste sie seine. „Jamie", ihre Stimme klang hoch und kreischend.

„Was ist passiert?" Brooks ließ sich auf die Knie fallen und schob Adam beiseite.

„Er hat einen Ninja-Salto gemacht und Brittany vor Gray gerettet", begann Adam.

Brooks zog eine Stiftlampe aus der Tasche und warf einen kurzen Blick in die Richtung seines Bruders. „Gray?"

„Ja, ich kenne ihn und du kennst ihn, aber Jamie hat noch nie einen der Hunde gesehen. Aber die Ursache für den Sturz waren der verschüttete Ketchup und ein eigensinniger Welpe. Die Combo hat ihn durch die Luft fliegen lassen.“

Brooks leuchtete in Jamies Augen. „Wie lange ist er schon ohnmächtig?“

„Er“, murmelte Jamie, „ist genau hier.“

„Oh, Gott sei Dank.“ Abbie atmete erleichtert aus und festigte ihren Griff um seine Hand.

„Wo sind wir?“ Brooks maß den Puls seines Patienten.

„Meinst du Tuckers Bluff oder das Café, oder meinst du eher die existentielle Ebene unseres sterblichen Daseins?“

Brooks verdrehte die Augen. „Anscheinend hast du dir den Kopf nicht hart genug gestoßen. Dennoch möchte ich eine gründlichere Untersuchung in meiner Praxis durchführen.“

Abbie hielt sich immer noch an seiner Hand fest und nickte. „Ich komme mit.“

Jamie hob seinen Blick, um ihr in die Augen zu sehen. „Schau nicht so besorgt.“

„Aber ich mache mir Sorgen. Der Mann, den ich liebe, hat sich wegen etwas Ketchup fast umgebracht.“

Jamies Augenbrauen wanderten seine Stirn hinauf und seine Augen wurden kreisrund. „Du liebst mich?“

„Oh, äh.“ Auf diese Weise würde keine vernünftige Frau einem Mann sagen, dass sie in ihn verliebt war. „Vielleicht?“ Sie lächelte verlegen.

Sein Kopf fiel zurück und als er ihre Hand drückte, lächelte er. „Das reicht mir. Und das ist gut so, denn ich liebe dich auch.“

Ob der ausbrechende Applaus um sie herum auf die Liebeserklärungen zurückzuführen war oder auf die Tatsache, dass es ihm gut ging, wusste Abbie nicht, aber im Moment konnte nichts auf dieser Welt süßer sein als einen Mann zu lieben, der diese Liebe erwiderte.

Das Letzte, was Jamie wollte, war, allein in einer Arztpraxis festzusitzen. Auch wenn der Arzt sein Cousin Brooks war. An jedem anderen Tag wäre er am liebsten wieder im Café oder auf dem Parkplatz, um für sein Pub kämpfen. Nur dass heute kein normaler Tag war. Heute war der Tag, an dem Abbie ihm sagte, dass sie ihn liebte. Und das vor Zeugen.

„Die gute Nachricht ist, dass du überleben wirst." Brooks schaltete das Licht an der Röntgentafel aus.

„Das hätte ich dir auch sagen können." Er rieb sich den Nacken. „Abgesehen von einer Beule am Kopf und einem verletzten Ego, weil ich mich wegen der Maskottchen der Stadt lächerlich gemacht habe, bin ich gesund wie ein Pferd."

„Und ich habe gehört", Brooks blickte Jamie grinsend an, „dazu auch noch verliebt."

„Ja." Seine Wangen schmerzten fast vom Lächeln.

„Gut so, denn sie und die halbe Familie laufen draußen in der Lobby auf und ab."

„Nur die halbe?", neckte Jamie.

„Die andere Hälfte kümmert sich um den Kochwettbewerb."

Die Realität traf ihn. „Apropos, ich muss zurück."

„Heute nicht. Diese Beule an deinem Kopf bedeutet Aspirin, kein Stress und jemanden, der dich mindestens vierundzwanzig Stunden lang im Auge behält."

„Das wäre dann ich." Seine Tante kam durch die Tür. „Der Kochwettbewerb ist offiziell vorbei."

Meg folgte ihr. „Einige Geschäfte bleiben noch eine Weile geöffnet, um den Andrang auszunutzen."

„Frank leitet die Aufräumarbeiten", berichtete Becky.

„Frank?" Brooks runzelte die Stirn.

„Mach dir keine Sorgen", Tante Eileen winkte ihm zu. „Er macht es von einem Hocker aus, wobei sein Bein auf einen Stuhl liegt."

Der Großteil der Familie trat ein, bevor Abbie endlich in der Tür erschien. Er setzte sich auf den Untersuchungstisch und streckte ihr den Arm entgegen.

„Du weißt definitiv, wie man ein Mädchen beeindruckt, nicht wahr?" Sie nahm seine Hand und strich ihm mit der anderen eine Haarsträhne aus der Stirn. „Das gibt Hals über Kopf eine ganz neue Bedeutung."

Mit der freien Hand rieb er sich den Nacken. „Erinnere mich nicht daran."

Stiefelabsätze klapperten durch den Flur, bevor Grace in der Tür erschien. „Ich habe gehört, dass du heute eine ziemliche Show abgeliefert hast."

„Das werde ich mir noch ewig anhören müssen, oder?", fragte Jamie.

Alle Stimmen im Raum wiederholten: „Nein."

„Ich komme mit Neuigkeiten." Grace trat weiter in den Raum hinein. „Ich habe eine Art informelle Umfrage durchgeführt. Der Rat hat immer noch nicht mehrheitlich für die Farradays gestimmt."

„Also stimmen sie für Hemingway's?", fragte Abbie und ihr Griff um Jamies Hand wurde fester.

Grace schüttelte den Kopf. „Keiner hat genug Befürworter."

„Also sind wir wieder da, wo wir angefangen haben", sagte Jamie leise.

„Nicht ganz." Grace lehnte sich gegen den Untersuchungstisch und verschränkte die Arme. „Es sieht so aus, als würden Crocker und Hemingway's ihren Antrag zurückziehen und kein Interesse mehr daran haben, Immobilien in Tuckers Bluff zu erwerben."

„Du machst Witze?", sangen Jamie und Abbie im Chor.

„Nein. Anscheinend haben sie mit eigenen Augen gesehen, was Jamie die ganze Zeit gesagt hat. Dass diese Stadt, dieses County den seinen treu ist." Eine Seite ihres Lächelns hob sich etwas höher. „Und es hat nicht geschadet, dass Stan Rankin, umgeben von drei Generationen einer der größten Familien des Landkreises, den Hauptvertreter fragte, warum um Himmels willen sie fleischfressenden Viehzüchtern vegane Burger und Auberginenspeck servieren wollen?"

„Erinnere mich daran, diesem Mann einen Blaubeerkuchen zu backen", sagte Tante Eileen strahlend. „Oder zwei."

Ohne sich darum zu kümmern, wer zusah, zog Jamie Abbie in seine Arme und drückte ihr einen kurzen, festen Kuss auf die Lippen. „Wir haben es geschafft."

„Ja, nun ja", Tante Eileen räusperte sich, „ich gehe besser und sehe, wie das Aufräumen vorangeht."

„Gute Idee", murmelten Becky und Meg gleichzeitig.

Tante Eileen durchquerte den kleinen Raum, blieb vor Brooks stehen und stieß ihm mit dem Ellbogen in die Seite.

„Autsch." Brooks starrte auf seine Tante herab und trat schnell einen Schritt zurück. „Ja, es wird spät. Ich denke, ich nehme mir eine Minute und rufe Joanna an, um zu sehen, wie es ihr und Finn mit dem Baby geht."

Alle Besucher murmelten fröhlich, als sie in nahezu militärischer Formation aus dem Untersuchungszimmer schritten.

Jamie legte seine Arme um ihre Taille. „Hast du ernst gemeint, was du da draußen gesagt hast?"

„*Tu mir das nicht an*. Natürlich habe ich das. Mein Herz kann nicht mehr viele Verluste ertragen."

„Nein", er schüttelte den Kopf und lächelte sie an.

„*Der Mann, den ich liebe* Teil.“

„Oh das.“ Sie kam näher und legte ihre Arme um seine Schultern. „Definitiv. Ich liebe dich.“

EPILOG

„Slainte." Sean und Brian Farraday stießen an. Das vollbesetzte Haus hob seine Gläser mit Bier, Wein, Wasser, Cola und allem, was gerade zur Hand war, und wiederholte den feierlichen Toast „Auf eure Gesundheit."

„Ladys und Gentlemen", sprach der Leadsänger der irischen Band, die für den Eröffnungsabend des O'Fearadaigh's aus Austin angereist war, ins Mikrofon. „Wir möchten die Tanzfläche in diesem kleinen Stück der alten Heimat offiziell eröffnen. Jamie, wenn du und deine reizende Lady bitte nach vorne treten würdet."

Glücklicherweise war jede Minute der Abendveranstaltungen geplant und koordiniert, einschließlich dieses Tanzes. Abbies und Jamies Blicke waren aufeinander gerichtet und lösten sich nicht voneinander. Nicht, als sie an der Bar saß und darauf wartete, dass er zu ihr kam, nicht, als er ihre Hand ergriff, nicht, als sie durch den großen Raum gingen, der sich anfühlte, als hätte man ihn aus einer irischen Stadt geholt und mitten in West Texas fallen gelassen, und nicht, während sie sich zu einer alten irischen Geigenmelodie im Two-Step über die Tanzfläche bewegten.

„Sie passen wirklich so gut zueinander." Meg Farraday sah zu, wie der Cousin ihres Mannes und ihre erste Freundin hier in Tuckers Bluff über die Tanzfläche schwebten.

„Das überrascht mich nicht." Eileen nahm einen Schluck von ihrem Getränk. „Schließlich haben die Hunde noch nie etwas falsch gemacht." Der rationale Teil ihres Geistes, der intelligente Mensch in ihr wusste, dass es keine Kuppelhunde oder Kuppelwelpen gab. Aber ein anderer Teil, vielleicht ihre wunderliche irische Seite, wollte wirklich an die Fähigkeiten der Hunde glauben.

Meg brach in schallendes Gelächter aus. „Wenn das stimmt, frage ich mich, für wen diese beiden anderen Welpen sind."

„Oh", Eileen wandte ihren Blick von ihrem Neffen und Abbie ab, „daran hatte ich gar nicht gedacht." Als sie das überfüllte Pub durchsuchte, entdeckte sie Sally May und Roy, die sich eine Nische teilten. Auch wenn der Stadtrat nie die Möglichkeit hatte, darüber abzustimmen, wer die Genehmigung für die Lizenz erhalten sollte, da nur ein einziger Antrag eingereicht wurde, hatte Roy Sally May so freundlich gebeten, ihn zum Eröffnungsabend zu begleiten, dass sie es nicht übers Herz gebracht hatte, nein zu sagen. „Wer hätte das gedacht?"

„Häh?", fragte Meg und folgte Eileens Blick.

„Es stellte sich heraus, dass Roy seit der High School ein Auge auf Sally May geworfen hat. Damals war er zu jung für sie. Jetzt scheinen ein paar Jahre keine Rolle mehr zu spielen."

„Scheinbar nicht. Sie scheinen sich gut zu verstehen, und der alte Oktopus behält seine Hände bei sich."

Eileen wäre fast an ihrem Craft Beer erstickt. „Wo hast du das gehört?" Der arme Mann konnte diesen Namen seit der High School nicht mehr loswerden.

„Ich glaube von Abbie."

Kopfschüttelnd stellte Eileen ihren Drink auf den Tisch. „Ich gebe zu, dass er in der Schule den Ruf hatte, etwas zu freundlich zu sein – wenn du weißt, was ich meine –, aber als sein Gehirn erst einmal mit seinen Hormonen zurechtkam, war er ein guter, aufrechter Bürger, und seine verstorbene Frau Sharlene war das Salz der Erde." Dennoch hatte Eileen für alle Fälle vor, nach den anderen Welpen Ausschau zu halten.

Der Leadsänger forderte das Publikum zum Tanzen auf, und die Stühle kratzten über den Holzboden, als die meisten Leute um sie herum sich auf die Tanzfläche begaben.

„Es war eine Überraschung zu erfahren, dass Abbie heute Abend das Café schließt." Meg hatte Jamie und ihre ehemalige Chefin genau im Auge behalten.

„Nicht überraschender, als dass sie eine neue Kellnerin eingestellt hat und sich drei Abende in der Woche freinimmt." Als Eileen alle Pläne der beiden hörte, wusste sie, dass es nicht mehr lange dauern würde, bis Abbie einen Ring am Finger tragen würde und eine weitere Hochzeit organisiert werden musste. Allerdings war sie ehrlich gesagt ein wenig überrascht, dass der Ring noch nicht an ihrem Finger steckte. Schließlich wurde keiner von ihnen jünger.

Megs Telefon klingelte und an dem strahlenden Lächeln, das sich auf ihrem Gesicht ausbreitete, konnte Eileen erkennen, wer es war.

„Adam?"

„Ja. Die Bradys haben ein neues gesundes Kalb und der Mama geht es gut. Er ist auf dem Heimweg."

„Gut. Noch genügend Zeit für ein paar Tänze."

„Was ist mit dir? Sicherlich gibt es einen netten Single-Mann, der dich über die Tanzfläche wirbeln kann?"

„Ha", spottete Eileen. „So weit kommt's noch."

„Man weiß nie." Meg zuckte mit den Schultern. „Das Pub wird viele Veränderungen in die Stadt bringen. Gute Veränderungen. Die Buchungen im Bed-and-Breakfast sind bereits gestiegen."

„Das sind gute Neuigkeiten.“

„Ja. Bald müssen wir vielleicht tatsächlich ein kleines Hotel eröffnen.“

Während ein wenig Wirtschaftswachstum für alle gut war, hoffte Eileen, dass sich die Dinge nicht so sehr ändern würden. Sie hatte sich an die Vorzüge des Kleinstadtlebens gewöhnt. „Ich weiß nicht, ob wir so viele neue Leute anlocken werden.“

„Vielleicht nicht. Aber gerade haben wir noch einen netten älteren Mann bei uns. Das passiert nicht oft.“

„Er reist alleine?“, fragte Eileen. Meg hatte recht, normalerweise zogen Paare und Familien durch die Stadt.

„Ja, das hat mich überrascht. Er sieht für sein Alter ziemlich gut aus. Redet gern. Seine Frau ist vor ein paar Jahren verstorben. Ich bin mir noch nicht sicher, ob er über sie hinweg ist.“

„Was führt ihn nach Tuckers Bluff? Sicherlich nicht das Pub?“

„Darüber bin ich mir auch nicht wirklich sicher. Er sagte etwas über Geister, aber ich glaube nicht, dass er sich auf die Geisterstädte in der Umgebung bezog, da er sich, abgesehen von den Mahlzeiten, seit ein paar Tagen größtenteils in seinem Zimmer versteckt hat.“

„Vielleicht hatte Tuckers Bluff für ihn und seine verstorbene Frau eine besondere Bedeutung?“

„Ich weiß es nicht. Ich hatte den Eindruck, dass er noch nie hier gewesen war. Ich habe das Gefühl, dass dies seine erste Reise nach Texas ist.“

Die Musik verstummte langsam und die Lichter im Lokal wurden dramatisch gedimmt. Lediglich die Lichter über der Tanzfläche blieben an. Als sich die Menge auflöste, konnte Eileen ihren Neffen auf den Knien sehen. Ihre Hand schoss zu Meg. „Oh, schau.“

Es war so still, man hätte hören können, wie die

sprichwörtliche Stecknadel zu Boden fiel.

„Abbie", Jamie räusperte sich, „ich habe lange darauf gewartet, meine bessere Hälfte zu finden. Würdest du mir die Ehre erweisen, mich zum glücklichsten Mann auf dem Planeten zu machen? Willst du mich heiraten?"

Mit großen Augen und der rechten Hand auf dem Herzen nickte Abbie, warf ihre Arme um seinen Hals und fiel mit ihn zu Boden.

Die Menge jubelte und applaudierte. Eileen konnte kaum verstehen, was Jamie als nächstes sagte, aber als er auf der hölzernen Tanzfläche saß, steckte er ihr einen Ring an den Finger und küsste sie vor den Augen der halben Stadt.

„Das ist einfach zu süß", sagte Meg seufzend.

Eileen nickte und konnte nicht aufhören zu grinsen. In Tuckers Bluff gab es noch Romantik.

Die Lichter waren immer noch gedimmt, als das Licht einer Straßenlaterne in das Pub strahlte. Eileen drehte sich zur Tür um, aber erst als sie sich hinter der hohen Silhouette schloss und die Deckenbeleuchtung wieder anging, konnte sie deutlich sehen, wer hereingekommen war. Zuerst dachte sie, sie hätte vielleicht ein Bier zu viel getrunken, aber ihr erstes Bier war noch nicht einmal leer. Als der Mann noch ein paar Meter weiter gegangen war, war sich Eileen sicher, dass es sich nicht um eine Halluzination handelte. „Von all den Kneipen dieser Welt …"

EXCERPT: KAMPF UM EILEEN

„Von all den Kneipen dieser Welt." Eileen Callahan, die in der halben Stadt als Tante Eileen bekannt war, schluckte schwer und blinzelte. Als Glenn Baker nach zwei weiteren Schritten vor ihrem Tisch stand, kniff sie die Augen fest zusammen und hielt sich an der Tischkante fest. Doch als sie langsam die Augen öffnete, stand die Halluzination immer noch vor ihr und lächelte sie zittrig an.

„Hallo", krächzte er.

„Hallo Mr. Baker", Meg Farraday, Eileens angeheiratete Nichte stand auf. „Was für eine angenehme Überraschung. Ich bin froh, dass Sie sich entschieden haben, Ihr Zimmer zu verlassen."

Sein Blick blieb auf Eileen gerichtet. „Ich kam zu dem Schluss, dass ich doch Hunger hatte. Es war niemand im Café." Er richtete seine Aufmerksamkeit auf Meg. „Ich bin der Musik hierher gefolgt."

„Dann haben Sie Glück, denn im O'Fearadaigh's gibt es das beste Corned Beef diesseits des Blarney Stone."

„Das klingt verlockend." Sein Blick wanderte erneut zu Eileen. „Schön dich zu sehen, Leeni."

Wenn Eileen auch nur einen Moment lang gedacht hatte, dass ihr Verstand ihr einen Streich spielte, beseitigte die Verwendung des Spitznamens, den nur Glenn benutzte, alle Zweifel – dieser Mann war keine

Halluzination. „Glenn." Es kam nichts anderes heraus. Ihre Sinne und zu viele Fragen kämpften um die ersten Worte. Jeder Dummkopf konnte sehen, dass der Mann immer noch gut aussah. Ein wenig grau an den Schläfen, etwas mehr Fleisch auf den Knochen, aber immer noch groß, immer noch fit und immer noch zu gutaussehend.

Glenns Aufmerksamkeit wanderte kurz von Eileen zu Meg, die mit verwirrt hochgezogenen Brauen neben ihm stand, und dann zurück zu Eileen. Er ließ seine Hände auf der Stuhllehne ruhen und blickte ihr in die Augen. „Würde es dir etwas ausmachen, wenn ich mich zu dir setze?"

Mit immer noch trockenem Mund zeigte Eileen auf den Stuhl, auf dem er lehnte.

Megs Blick wanderte zwischen dem Gast in ihrem Bed-and-Breakfast und der Tante ihres Mannes hin und her. Schlau wie sie war, entschied sich Meg dafür, weiter zu beobachten, anstatt neugierige Fragen zu stellen.

Glenn ließ sich auf dem Stuhl nieder, beugte sich vor und übertönte die Musik: „Möchten die Ladys noch einen Drink?"

Eileen schüttelte den Kopf und Meg murmelte: „Nein, danke."

Er drehte sich auf seinem Platz um, winkte die Kellnerin herbei, bestellte ein dunkles Bier und wandte sich wieder den beiden Frauen zu.

Eileen zwang sich zu einem höflichen Lächeln und stellte die eine Frage, die sich schließlich in den Vordergrund gedrängt hatte und darum bettelte, gestellt zu werden. „Was machst du hier?"

Der Mann, den sie vor so langer Zeit so gut gekannt hatte, richtete auf sie. „Ich habe dir geschrieben, dass ich geschäftlich in Midland zu tun habe und hoffe, Zeit zu finden, um vorbeizuschauen."

Dieser Brief lag immer noch in der Schublade ihrer Kommode.

„Du hast den Brief nicht gelesen?" Sein eindringlicher Blick verriet ihr, dass Glenn auch nach all den Jahren vermutlich immer noch in der Lage war, ihre Gedanken zu lesen, oder er vielleicht einfach besser im Raten geworden war.

„Warum sollte ich?" Sie hob ihr Kinn und blickte ihm in die Augen. „Ich habe in meinem Leben zwei Briefe von dir bekommen. Der erste vor über fünfundzwanzig Jahren kam nicht so gut an. Ich dachte mir, warum mit dem Feuer spielen."

Megs Augen wurden groß und rund, und Eileen konnte fast sehen, wie sie sich bemühte, die Zusammenhänge zu ergründen.

Trotz der Musik, die hinter ihnen spielte, senkte Glenn seine Stimme. „Ich hätte die Dinge anders regeln sollen. Besser."

Natürlich hätte er das tun sollen. Nachdem sie die Hochzeit zum zweiten Mal verschoben hatte, hatte er die Nerven gehabt, am Telefon einfach aufzulegen. Sie war verletzt und wütend gewesen. Was hatte er von ihr erwartet? Ihre Schwester war weg und Eileen war die einzige Mutter, die ihre kleine Nichte kannte. In jenen frühen Tagen war Sean so von Trauer überwältigt gewesen, dass er es kaum geschafft hatte, für die Jungs einen Fuß vor den anderen zu setzen. Die Einzige, die sich so um Grace kümmern konnte, wie Helen es gewollt hätte, war sie. Und dem Himmel sei Dank dafür. Grace war Eileens Verbindung zu ihrer Schwester gewesen, das Mittel gegen den herzzerreißenden Kummer. „Ich hatte alle Hände voll zu tun."

„Ich hatte es nicht verstanden." Glenn stieß einen tiefen Seufzer aus. „Zumindest damals nicht."

Meg winkte die Kellnerin herbei. „Ich habe meine Meinung geändert. Ich glaube, ich brauche vielleicht doch noch einen Drink. Tante Eileen?"

Sie schüttelte den Kopf.

„Ich habe zwei Töchter. Mittlerweile erwachsen." Glenn spielte mit dem Etikett seiner Bierflasche. „Als Baby hatte Charlotte Koliken. Ich ging mitten in der Nacht mit ihr auf und ab und versuchte, Sally eine Pause zu gönnen, aber nur ihre Mutter konnte ihre Beschwerden lindern."

Eileen schluckte schwer. Für Grace war die schwierigste Zeit das Zahnen gewesen. Eileen war viele Nächte auf den Beinen gewesen.

„Auf und ab gehen, mir Sorgen machen, versuchen, Charlotte ein besseres Gefühl zu geben, nun ja, dabei musste ich manchmal an Grace denken. Und wie du dich gefühlt haben musst." Er hielt inne, rutschte auf seinem Sitz hin und her und blickte ihr wieder in die Augen. „Es tut mir leid. Ich habe es einfach nicht verstanden. Wusste es nicht besser."

Eine Fülle von Retourkutschen tanzte auf ihrer Zunge: *ein wenig zu spät, davon kann ich mir auch nichts kaufen, das ist keinen Pfifferling wert.* Eileen schluckte die Worte hinunter und entschied sich für die goldene Regel: *Wenn man nichts Nettes sagen kann, sagt man besser überhaupt nichts.* „Und wie geht es Sally?"

Sein Finger stoppte. „Wir haben sie vor fast drei Jahren verloren."

„Das tut mir leid." Sie sank gegen die Stuhllehne. „Wirklich leid."

„Ich denke", Megs Blick folgte der Kellnerin, die zwei Tische weiter mit einem Tablett mit Getränken jonglierte, „ich werde meinen Drink von Jamie an der Bar holen." Ihr fragender Blick bohrte sich in Eileen.

Natürlich würde sie nicht gehen, ohne dass Eileen zustimmte. Sie zwang sich zu einem strahlenderen Lächeln und tätschelte die Hand ihrer Nichte. „Ich habe auch meine Meinung geändert. Sag Jamie, er soll etwas für mich aussuchen."

„Wenn ihr mich entschuldigen würdet." Meg nickte und stieß sich vom Tisch weg.

Der Ort war überfüllt. Nicht nur, dass die Einheimischen Ellenbogen an Ellenbogen standen, es gab auch viele neue Gesichter, die Eileen nicht kannte. Genau wie Jamie es vorhergesagt hatte, was ein wenig an den Film *Feld der Träume* erinnerte: Wenn er einen Hauch Irland nach Texas bringen würde, würden Leute aus dem ganzen County kommen. Wer hätte gedacht, dass Glenn Baker einer von ihnen sein würde.

Atme, sagte sich Glenn zum x-ten Mal, seit er sich entschieden hatte, sein Zimmer im Bed-and-Breakfast zu verlassen, um nach Eileen Callahan zu suchen.

Er hatte die letzten paar Tage in seinem Zimmer verbracht und geglaubt, er hätte sich auf das Wiedersehen vorbereitet, bis er sie unter den gedämpften Lichtern des Pubs sitzen sah. Wie konnte der Anblick von Eileen Callahan ihn nach all den Jahren immer noch wie ein Faustschlag in den Solarplexus treffen? Sie hatte sich kein bisschen verändert. Er erkannte auch, dass der Grund dafür, dass sie ihm nicht geantwortet hatte, schlicht und einfach war: Sie hatte sich nicht die Mühe gemacht, den Brief zu lesen. Und doch, trotz des anfänglich frostigen Empfangs, saß sie hier und lächelte ihn an.

Ihr Blick wanderte zur Band und dann zurück zu ihm.

„Vermisst du es?", fragte er.

„Nein." Dann lehnte sie sich zurück und lächelte. „Vielleicht manchmal. Was ist mit dir? Spielst du immer noch?"

Er schüttelte den Kopf. „Nach der Geburt unserer zweiten Tochter machte ich eine Pause vom Touren, aber wir spielten weiterhin lokale Auftritte und Studiosessions. Da die Mädchen nur zwei Jahre auseinander waren, brauchten sie keinen Vater, der wochen- oder monatelang unterwegs war. Als Sally dann krank wurde, war es Zeit aufzuhören. Sie brauchte mich mehr."

Das Leuchten in Eileens Augen wurde schwächer und er wusste genau, was sie dachte. Genau dieses Konzept hatte sie ihm zu erklären versucht, als Grace geboren wurde. Sie brauchten sie zu Hause, nicht unterwegs. Er hatte sich wie ein Arsch benommen und keine noch so große Entschuldigung könnte das wieder gutmachen. Doch vielleicht hatte ihm das Schicksal endlich die Chance gegeben, es zumindest zu versuchen.

„Da wären wir." Die Besitzerin des Bed-and-Breakfast erschien wieder und stellte zwei Gläser Wein auf den Tisch, bevor sie sich wieder setzte.

Eileen prostete ihrer Nichte zu und wartete darauf, dass er es ihr gleichtat. „Slainte."

Die Band wählte diesen Moment, um von irischer zu amerikanischer Musik überzugehen, beginnend mit Neil Diamonds *Sweet Caroline*. Da die Menge den Refrain aus vollem Halse sang, war eine Unterhaltung ohne Schreien plötzlich nahezu unmöglich. Man könnte ihn feige nennen, aber er wollte nicht, dass das ganze Lokal hörte, was er zu sagen hatte. „Würdest du morgen einen Kaffee mit mir trinken?"

Sie beugte sich ein wenig näher und legte ihre Hand hinter ihr Ohr. „Sag das nochmal?"

„Kaffee", sagte er energischer, „morgen. Begleitest du mich?"

Als ihre Augen plötzlich aufsprangen, war er sich

ziemlich sicher, dass sie ihn gehört hatte. Ihr Blick schoss hinüber zu dem Barkeeper, der zusammen mit einem anderen Mann dasaß und sie anstarrte, und dann zurück zu ihm. Er konnte sehen, wie sich ihre Brust bei einem tiefen Atemzug hob und wieder senkte, als sie ausatmete und nickte.

„Neun Uhr?"

„Sagen wir zehn. Ich habe morgens viel zu tun und die Ranch ist fast eine Stunde entfernt. Das Café ist zu dieser Zeit der einzige Ort in der Stadt."

Als er aufstand, konnte er sich das Grinsen nicht verkneifen, das sich auf seinem Gesicht ausbreitete, bevor er nickte und wiederholte: „Zehn Uhr." Er drehte sich zu Meg um und lächelte sie ebenfalls an. „Wir sehen uns morgen früh."

„Was ist mit Ihrem Abendessen?", fragte Meg.

Da er sich vorkam, als wäre er drei Meter groß, und da gerade die Last zu vieler Jahre von seinen Schultern fiel, hatte er nicht die geringste Lust zu essen. „Ich schätze, ich hatte doch keinen großen Hunger."

Nach einer weiteren Runde von Gute-Nacht-Wüschen, verließ er das Pub und machte sich auf den Weg die Straße hinauf zum Bed-and-Breakfast. So viele Möglichkeiten, was passieren würde, wenn er Eileen Callahan gegenüberstand, waren ihm durch den Kopf gegangen. So wie sie ihn angesehen hatte, als er sich neben sie gesetzt hatte, hatte er damit gerechnet, dass er ihren Drink ins Gesicht bekommen würde. Als Glenn die Verandastufen hinaufhüpfte, musste er eines zugeben: Der morgige Tag könnte sich als ein verdammt großer Tag herausstellen.

Sean Farraday holte einen Stapel Vorratsbehälter mit

übriggebliebenem Essen aus dem Kühlschrank, knallte sie auf die Arbeitsfläche und stellte sie dann einen nach dem anderen zurück. Er drehte sich um, stampfte zum zweiten Kühlschrank und riss auf der Suche nach einem Bier fast die Tür aus den Angeln. Vielleicht wäre Bourbon eine bessere Idee.

Er stürmte durch die Küche zurück, bog um die Ecke zum Wohnzimmer und prallte fast mit seinem jüngsten Sohn zusammen.

„Hast du etwas verloren?"

„Nein." Er wirbelte herum. „Ich hole mir einen Mitternachtssnack."

„Aus der Bar?" Finn war schon immer ein Mann weniger Worte gewesen und ging quer durch den Raum. Er nahm sich zwei Gläser, einen Liter Milch und einen Teller mit den Schokoladenkeksen seiner Tante, stellte sie auf den riesigen Küchentisch und setzte sich.

Sean stand auf der Türschwelle, während Finn die zwei Gläser füllte. Der Junge war immer die Stimme der Vernunft in der Familie gewesen, ungeachtet des Trubels. Sean wusste nicht, ob er mit dieser Fähigkeit geboren worden war oder ob er sie gelernt hatte, weil er seine Mutter so jung verloren hatte. Was auch immer der Grund war, im Moment hatte Sean keine Lust, sich zu Milch und Keksen hinzusetzen. Er war keine sechs Jahre alt, und verdammt, wenn das nicht Teil seines Problems war.

Finn schob ein volles Glas über den Tisch und tauchte einen Keks in sein eigenes. „Du machst hier unten genug Lärm, um die Toten aufzuwecken."

„Ich war hungrig." Er war es immer noch nicht gewohnt, Finn und Joanna im Erdgeschoss zu haben. Erst kürzlich hatten sie die Gästezimmer neben der Küche in einen privaten Flügel umgewandelt, in dem sie wohnen wollten, bis sie dazu kamen, auf dem

Grundstück ihr eigenes Haus zu bauen.

Finn schob das Glas Milch noch ein paar Zentimeter in Seans Richtung und nahm dann einen weiteren Bissen von seinem Keks.

Ohne sich zu setzen, nahm Sean einen großen Schluck von dem kühlen Glas Milch. Auch wenn er lieber Bourbon hätte.

Finn schluckte den letzten Bissen seines Kekses hinunter und griff nach einem weiteren. „Willst du mir sagen, wieso du so aufgebracht bist?"

„Ich sagte dir. Ich bin hungrig."

Finn nickte. „Das hat also nichts mit dem Mann zu tun, mit dem Tante Eileen heute Abend im Pub war?"

„Er war nicht mit ihr dort." Als Meg ihm den Namen des Mannes genannt hatte, der neben Eileen gesessen war, hatte Sean rotgesehen.

„Oder hate es euch alle aus der Fassung gebracht, dass sie erwähnt hat, dass sie sich morgen wieder mit ihm treffen wird?"

Er wirbelte herum und deutete mit dem Finger auf seinen jüngsten Sohn. „Hast du überhaupt eine Ahnung, wer dieser Mann ist?" Sogar mit eigenen Ohren konnte er die tiefe Verzweiflung in seinen Worten hören.

„Habe ich nicht."

„Dieser", Sean biss sich auf die Backenzähne, „Mann ist Glenn Baker."

Finn nickte. „Das haben wir alle gehört. Seinen Namen und dass er für einen kurzen Besuch hier ist."

„Großartig", murmelte er. „Einfach toll."

„Tut mir leid, Dad, ich kann dir nicht folgen. Willst du vielleicht noch einmal von vorne anfangen?"

Es war nicht seine Aufgabe, irgendwo anzufangen. Eileen hatte Anspruch auf ihre Privatsphäre. Er trank den Rest der Milch aus und knallte das Glas fest auf den Tisch, bevor ihm einfiel, dass Joanna wahrscheinlich versuchte zu schlafen. „Nein.“

Mit den Unterarmen auf dem Tisch beugte sich Finn kopfschüttelnd vor. „Wenn dieser Mann Tante Eileen Ärger machen will, solltest du uns einweihen. Die Farradays kümmern sich einander.“

Allerdings war Eileen keine Farraday, sondern eine Callahan, und wenn Helen nicht so jung gestorben wäre und er nicht so hilfsbedürftig gewesen wäre, wäre Eileen jetzt eine Baker. Nein. Brodelnd ging er zur Bar, um sich den Bourbon zu holen. Dieser Arsch hätte auf sie warten sollen. Wenn Glenn Eileen wirklich so geliebt hätte, wie sie es verdiente, hätte er auf sie gewartet, egal wie lange es gedauerte. So viele Jahre später wieder aufzutauchen war nicht … fair. Für niemanden.

„Dad“, Finn packte ihn am Arm, „du machst mir Angst. Wer zum Teufel ist dieser Typ?“

„Er ist der Mann, der deiner Tante das Herz gebrochen hat.“

ÜBER CHRIS KENISTON

Chris Keniston ist Autorin von vierzig zeitgenössischen Romanen und lebt mit ihrem Mann, zwei menschlichen Kindern und zwei Hundekindern in einem Vorort von Dallas. Obwohl sie beide Hunde gleichermaßen liebt, gibt sie zu, eine ganz besondere Bindung zu ihrem Deutschen Schäferhund aus dem Tierheim zu haben. Schließlich verdienen auch Hunde ein Happy End.

Auf www.chriskeniston.com erfahren Sie mehr über Chris Keniston und ihre Bücher.

Folgen Sie Chris Keniston auf Facebook unter dem Namen ChrisKenistonAuthor und auf Twitter unter dem Namen @ckenistonauthor.

MEHR BÜCHER

VON CHRIS KENISTON

Weitere Bücher der Farraday-Country-Reihe: